독립선언서 말꽃모음

의 痛苦를 嘗한지 今에 十年을 過한지라 我 生存權의 剝喪됨이 무릇 幾何ㅣ며 心靈上

礙됨이 무릇 幾何ㅣ며 民族的 尊榮의 毀損됨이 무릇 幾何ㅣ며 新銳와 獨創으로써 世

大潮流에 寄與補裨할 機緣을 遺失함이 무릇 幾何ㅣ뇨

噫라 舊來의 抑鬱을 宣暢하려 하면 時下의 苦痛을 擺脫하려 하면 將來의 脅威를 芟除하

民族的 良心과 國家的 廉義의 壓縮銷殘을 興奮伸張하려 하면 各個 人格의 正當한 發達하

하면 可憐한 子弟에게 苦恥的 財産을 遺與치 안이하려 하면 子子孫孫의 永久完全한

迎하려 하니 民族的 獨立을 確實케 함이니 二千萬 各個가 人마다 方寸의

고 人類通性과 時代良心이 正義의 軍과 人道의 干戈로써 護援하는 今日 吾人은 進하

何强을 挫치 못하랴 退하야 作하매 何志를 展치 못하랴

子修好條規 以來 時時種種의 金石盟約을 食하얏다 하야 日本의 無信을 罪하려 안이

者는 講壇에서 政治家는 實際에서 我 祖宗世業을 植民地視하고 我 文化民族을 土昧한

한갓 征服者의 快를 貪할뿐이오 我의 久遠한 社會基礎와 卓犖한 民族心理를 無視한

本의 少義함을 責하려 안이하노라 自己를 策勵하기에 急한 吾人은 他의 怨尤를 暇치

現在를 綢繆하기에 急한 吾人은 宿昔의 懲辦을 暇치 못하노라 今日 吾人의 所任은 다

독립선언서 말꽃 모음

이주영 엮고 풀어 씀

단비
danbi

吾等은 玆에 我鮮朝의 獨立國임과 朝鮮人의 自主民임을 宣言하노라 此로써 世界萬邦에 告하야 人類平等의 大義를 克明하며 此로써 子孫萬代에 誥하야 民族自存의 正權을 永有케 하노라 半萬年歷史의 權威를 仗하야 此를 宣言함이며 二千萬民衆의 誠忠을 合하야 此를 佈明함이며 民族의 恒久如一한 自由發展을 爲하야 此를 主張함이며 人類的良心의 發露에 基因한

1919년 3월 1일은 우리 겨레 역사에서 아주 중요한 날입니다. 이 땅이 흔들리도록 '대한독립만세'를 소리 높여 외친 날입니다. 침략자 일본에게 우리는 독립국이니 우리 땅에서 나가라고 당당하게 선언한 날입니다. 그러나 그보다 더 중요한 건 우리 겨레가 처음으로 군주국을 버리고 민주국을 세웠다는 것이지요. 대한제국이라는 군주국을 버리고 대한민국이라는 민주공화국을 선택한 것입니다. 곧 프랑스 시민혁명, 미국 독립혁명, 중국 신해혁명처럼 군주국을 민주국으로 바꾸겠다는 혁명을 선언한 것입니다. 이에 대한민국 임시정부에서는 3.1독립만세기념일을 3.1혁명이나 3.1대혁명이라고 불렀습니다.

선조들은 1910년 8월 29일 대한제국이 망한 날을 구한국이 망하고 신한국이 태어난 날이라고 했습니다. 황제가 주권을 포기한 날이고, 국민이 황제한테 맡겼던 주권을 돌려받은 날이라고 했습니다. 그래서 1910년 8월 22일 대한제국 황제가 주권을 일본 천황한테 넘긴다는 조약을 맺었다는 소식을 듣자마자 바로 이런 마음으로 우리 민족은 대한국이라는 국가를 그대로 지키고, 한국인으로 살겠다고 결심했다는 선언서를 각국 정부로 보냅니다. 그리고 10년 동안 준비를 해서 1919년 3월 1일 독립을 선언하고, 임시의정원을 열어서 나라 이름과 헌법을 정하고, 임시정부를 세웠습니다. 대일선전포고를 하고, 27년 동안 끈질기게 독립전쟁을 합니다.

이 책에는 대한제국 융희 황제가 주권을 포기한 1910년 8월부터 대한민국 임시정부가 대한독립선언서를 발표한 1919년 10월까지 발표되었던 여러 독립선언서 가운데서 10개를 골라서 실었습니다. 10가지 독립선언서를 읽어 보면 우리 선조들이 어떤 마음으로 독립을 지켰고, 어떤 뜻으로 대한민국을 세웠는지 또렷하게 알 수 있습니다.

100년 전 글이라 요즘 젊은이들은 읽기 어렵습니다. 그래서 가능한 우리말과 한글로 옮기고, 옮기기 어려운 낱말은 한자를 같이 쓰면서 풀이말을 달았습니다. 문장도 다듬으면서 조금 빼거나 넣기도 했습니다. 그리고 문장을 내용과 운율을 고려하면서 읽기 쉽게 바꾸었습니다. 시처럼 바꾸었습니다. 그리고 글마다 제목을 붙였습니다.

말꽃 순서는 원문 그대로입니다. 순서를 바꾸지 않았습니다. 따라서 말꽃을 따라 읽으면 대부분 선언서 원문을 거의 그대로 읽는 셈이 됩니다. 다만 7부, 8부는 전체 내용 가운데서 아주 일부만 골랐습니다. 이 말꽃모음을 만드는 목적이 옛날 선조들 마음과 생각을 알기 쉽게 풀어서 읽기 쉽게 해 보자는 데 있기 때문입니다.

그러나 말꽃모음을 만들 때마다 항상 갈등을 겪습니다. '너무 많이 손질하는 거 아닌가?' 또는 '더 쉽게 풀어야 하나?'입니다. 그래서 몇 번이나 썼다 지우고, 지웠다 다시 쓰게 됩니다. 독립선언서는 여러 사람이 쓴 글이라 한 사람이 쓴 글을 풀 때보다 그 뜻을 헤아리기가 더 어려웠습니다. 그래서 제 부족으로 잘못 다듬거나 풀어 낸 곳이 있을까 가장 두렵습니다.

말꽃을 읽고 원문을 읽어 보고 싶은 분들은 참고 자료에서 찾아보실 수 있습니다. 원문과 견주어 보다가 혹시 잘못 다듬었거나 한자를 잘못 해석했거나 더 알맞은 우리말이 생각나시면 언제라도 출판사 전자우편으로 알려 주시기를 부탁드립니다.

올해는 3.1혁명과 대한민국이 태어난 지 100주년이 되는 해입니다. 대한민국 연호로는 101년이 되는 해입니다. 대한민국 임시정부와 독립군들은 대한민국 연호를 썼습니다. 대한민국 정부 수립 기념식, 대한민국 관보1호에도 대한민국 30년이라는 연호를 썼습니다. 목숨 바쳐 민주공화국을 만들어 물려주신 조상들을 기리는 마음으로 대한민국 연호라도 함께 쓰면 좋겠다고 생각합니다.

그리고 독립선언서에 담긴 뜻을 이어서 앞으로 100년은 참된 민주공화국을 만들고, 온 겨레가 함께 자유롭고 균등하게 사는 대한민국으로 만들고, 세계 각 나라와 민족, 인류가 평등하고 평화로운 세상을 꿈꾸기 바랍니다.

대한민국 101년, 2019년 3월 1일

이주영

차례

한국국민회선언서

한국국민회가 1910년 8월 23일 러시아 블라디보스토크에서
발표한 선언서다. 8월 22일 대한제국이 일본제국에 병합당하는
조약이 맺어진 것을 알고 이를 비판하면서 한국인은 대한국을
그대로 이어 나갈 것이라고 선언하였다. 세계 각국 정부에
공문으로 보냈다. 유인석이 대표며, 8,624명이 서명하였다.
현재 한문본, 러시아본, 불어본이 남아 있다.

1 우리 권리를 정당하게 행사합니다.

귀국의 정부도 아시는 바와 같이 우리는

한국의 합병에 관하여

귀국 정부에 공문을 보낸 일이 있습니다.

우리는 귀국 정부에

어려움을 끼칠 생각은 조금도 없습니다.

우리 자신의 권리를

정당하게 행사하는 것을 자랑스럽게 생각하며,

귀국 정부의 좋은 뜻과 드높은 정의감에 호소하기 위해

다시 한 번 우리 뜻을 알려드립니다.

2 한국과 일본은 똑같은 독립 국가입니다.

일본은 1876년에 한국과 우호조약을 맺었습니다.

그 조약에 따르면 한국은 독립 국가로

일본과 똑같은 권리를 누리게 되어 있습니다.

그 조약과 비슷하게

한국의 독립을 인정하는 조약들을

다른 나라들과도 계속 체결하였습니다.

3 일본이 약속을 지키지 않았습니다.

청일전쟁과 러일전쟁 동안 일본은

한국의 독립을 지켜 주겠다고 선언했습니다.

그러나 일본은 이런 약속들을 지키지 않았습니다.

한국을 강제로 병합하는 일본의 행위는

불법이고 독단이며 불성실한 짓입니다.

4 일본은 국제법을 짓밟고 있습니다.

한국을 침략하는 일본의 행동은

국제법을 짓밟고 있습니다.

일본은 씻을 수 없는

배신과 잔인한 불도장을

스스로 자신에게 찍고 있는 것입니다.

일본이 우호조약을 맺고도 저지른

짐승같이 사납고 야만스런 행위들은

헤아릴 수조차 없이 많습니다.

5 우리 황후를 죽였습니다.

1895년에 일본인들이 깊은 밤에

황궁 문을 부수고 들어가

우리 황후를 죽이고 불까지 질렀습니다.

황제는 생명을 건지기 위해

러시아 공사관으로 피했습니다.

이런 짓을 일본 정부가 시켜서 저질러졌다는 사실은

모든 사람들에게 자세히 알려져 있습니다.

일본 정부는 범죄자들을 처벌하지 않았습니다.

일본 정부는

우리 황후를 죽인 일본인 80명을 처벌하지 않고

한국을 떠나라고만 했습니다.

우리 황후에 대해 일본인들이 저지른 이 범죄는

인간이 할 수 있는 행위 중에서

가장 야만스럽고

가장 도리에 어긋나는 것입니다.

7 일본군이 한국 총리대신을 체포했습니다.

1905년에 일본 대사 이토오 히로부미는

일본 군인들로 황궁을 포위하고

한국 정부 총리대신 한규설을 체포했으며,

조약에 서명하라고 한국 황제에게 강요하며,

그들은 자기들이 옥새를 갖다가 찍었습니다.

이런 걸 외국 사절들에게 보냈습니다.

⁸ 한국 황제가 밀사를 보냈습니다.

한국 황제는 미국인 헐버트에게

각국으로 다니면서 한국 정부가

이와 같은 조약을 일본과 맺겠다는 생각이

조금도 없었다는 것을 설명하도록 했습니다.

한국 황제는 또 헤이그 국제회의에 밀사를 보내

일본의 비열하고 야만스러운 행동을

각국 대표들한테 알리도록 했습니다.

— 밀사 : 고종 황제가 1907년 이위종과 이준을 헤이그에 보냈다. 일본의 방해로
뜻을 이루지 못하자 이준은 자결로 순국하였다.

9 일본이 한국 황제를 폐위시켰습니다.

일본은 죄악을 뉘우치지도 않고

이를 핑계로 삼아

1907년에 한국 황제를 강제로 폐위시키고,

한국 군대를 해산시켰으며,

한국 관리들을 자기들 권력 밑으로 종속시켰습니다.

10 일본 때문에 한국에 평온이 없습니다.

이런 까닭으로

한국인들은 의병으로 항전하며

피를 흘렸습니다.

일본인들 배신과 잔인함에

한국인들은 분노하고 있습니다.

일본 때문에 한국에는 평온이 없습니다.

11 일본은 한국 교육을 망치고 있습니다.

일본은 가면을 쓰고

비열한 짓을 일삼고 있습니다.

그들은 한국에 교육을 보급시키고

잘 살게 해 주겠다고 말하고 있습니다.

그러나 그들은 한국 학생들이

우리 노래를 부르지 못하게 하고,

체육을 하지 못하게 하고,

한국 역사책을 불살라 버리기까지 했습니다.

일본은 한국의 국민교육을

가장 낮은 수준으로 떨어뜨리기 위해서

온갖 짓을 다하고 있습니다.

12 한국인들은 자유가 없습니다.

진실을 말하는 사람,

진실을 쓰는 사람은

법정에 끌려가 재판을 받고,

일본이 만들어 발표하는 지시에 항의하는 사람이나

신사참배를 하지 않는 사람은 체포당합니다.

한국인들은 글을 쓸 자유나 토론할 자유가 없습니다.

만일 몇 사람이 모이면 즉시 체포당합니다.

만일 몇 사람이 같이 앉아 있으면 강제로 해산당합니다.

— 신사참배(神社參拜) : 신사(神社)에 참배(參拜)한다는 뜻이다. 신사(神社)는 신도(神道)의 사당 또는 사원을 뜻한다. 신도는 원래 일본 건국 신화에 나오는 태양신 아마테라스 오미카미(天照大神)를 섬기는 종교다. 따라서 여기 참배하는 것은 일본 천황에 고개를 숙인다는 의미가 있었다. 때문에 조선총독부는 한국인들이 신사참배를 하도록 강요했고, 독립운동가들은 이에 강력하게 반대하였다.

25

아주 작은 단체도 만들지 못하게 합니다.

일본은 한국인들이

국민에게 필요한 아주 작은 단체라도

만들지 못하게 합니다.

개인의 편지까지 뜯어 보고 있습니다.

손과 발을 묶고,

한국인이 국경을 넘는 것을 막고 있습니다.

14 애국자들은 목을 매달아 죽입니다.

이처럼 한국인을

협박과 폭력으로 억압하고 있습니다.

한국인이 살아갈 수 없을 정도로

가혹한 강요와 억압을 하고 있습니다.

열렬한 애국자들은

쇠사슬로 묶어 두거나 목을 매달아 죽입니다.

15 한국인 해골로 덮여 있습니다.

일본 군대와 경찰이 지나간 곳은

어디나 황폐할 뿐입니다.

일본 침략에 맞서는 사람들을 잡을 수 없을 때는

마을 사람들을 의심합니다.

자기들이 의심하는 것만으로도

가장 잔인한 형벌을 주며,

재판관 앞에서

자신의 무죄를 밝힐 권리까지 빼앗깁니다.

그들은 심지어 마을을 불태웁니다.

이러한 학살 때문에

국토는 한국인들 해골로 덮여 있습니다.

그들은 이런 수단으로

평화스런 한국인들로부터 재산을 빼앗고 있습니다.

모든 힘과 수단을 다할 것입니다.

한국인들은

일본 침략에 맞서 싸워야 하는

한국인의 책임을 다할 것이며,

이를 위해

한국인의 모든 힘과 수단을 다할 것입니다.

이 목적을 위해서 한국인은

한국국민회를 조직하고,

일본 정부에 항의문을 발송했습니다.

한국인 지위를 계속 간직하기로 했습니다.

한국인은

세계 속에서

대한국(大韓國)이라는 이름을

계속 갖고 있으며,

한국인은

한국인이라는 지위를

계속 간직하기로 결정했습니다.

쓰레기들한테 속지 마십시오.

우리는 아무리 어렵다 할지라도
한국인 모두가 자유에 이를 때까지
손에 무기를 들고
일본과 투쟁할 것을 각오하고 있습니다.
우리는 단호히 행동하기로 결정했습니다.

우리는 귀국 정부가
한국인이 '합병'을 원하고 있다고
생각하지 말기를 바랍니다.

우리는 귀국 정부가
우리 국민 중에서 쓰레기들인
몇몇 간사한 부랑자들 때문에
속았다는 사실을 알게 되기 바랍니다.

19 범죄를 용납하지 않기를 희망합니다.

귀국 정부가 한국 사정을
국제법에 따라 판단하고,
정의에 따라 행동하며,
일본의 행위에 반대할 것을 부탁합니다.

일본이 한국을 힘으로 빼앗으려는 행위를
귀국 정부가 존중하거나,
그런 범죄로 문명의 역사를 말살하려는 행위를
귀국 정부가 용납하지 않으리라고
감히 희망하는 바입니다.

20 자유를 위해 죽을 것입니다.

한국인을 옹호해 주십시오.

한국인을 옹호함으로써

귀국은 권리와 정의를 옹호하게 되는 것입니다.

한국인을 수호해 주십시오.

한국인을 수호함으로써

귀국은 오랜 친구를 구원하게 되는 것입니다.

이것이 귀국 정부에게 영광과 명예가 될 것입니다.

귀국이 일본의 불의를 두둔함으로써

귀국의 명예와 영광을 이루고 있는

원칙들을 포기하지 않기 바랍니다.

21 자유를 위해 죽겠습니다.

우리는

자유를 찾아 갖기 위해

죽을 각오가 되어 있습니다.

대동단결선언서

중국 상해에서 1917년 7월, 독립운동가 14명이 서명해서 발표했다.
대한국 주권은 황제한테 있는 것이 아니라 국민에게 있다는
국민주권론을 내세우면서 모든 국민이 단결해서 헌법을 제정하고
민주정부를 수립하자고 했다.

1 뭉치면 일어선다.

대부분

뭉치면 일어서고

나눠지면 쓰러지는 것은 하늘이 낸 도리며 원리다.

또 나누어진 지가 오래되면 다시 합하고자 하는 것은

세상 사람들 마음에 본래 갖고 있는 율려(律呂)다.

— 율려(律呂) : 율(律)의 가락과 여(呂)의 가락이 자연스럽게 잘 어우러진다는 말
이다. 우주의 조화로운 흐름이라는 뜻으로도 쓴다. 여기서는 대동단결을 원하는
것은 이처럼 자연스럽게 갖고 있는 본심이라는 뜻으로 쓰고 있다.

2 힘을 합하자고 요구한다.

멀리로는 유학자들이 300년이나 당론이 나뉘어

조선이 멸망하게 하였고,

가까이로는 13도 지사들이 서로 다투느라

새로운 건설을 어지럽혔다.

이 같은 삼분오열로 일어난 비극을 눈앞에서 보고,

그 고통을 맛본 우리는

마음이 바르게 원하는 대로

모두 모여서 힘을 합하자고 요구한다.

― 삼분오열(三分五裂) : 셋으로 나뉘고 다섯으로 흩어지다.

3 단결은 당연한 권리다.

이러한 도리에 따라

총 단결을 요구하는 주장은

자연의 의무요 당연한 권리다.

우리가 이와 같이 주장할 뿐만 아니라

일반 동포들이 내는 목소리요

시대가 내리는 명령이다.

단결할 희망이 아득하다.

대동단결하자는 의견은 오래전부터 나왔지만

소문만 요란하고 일이 이뤄지지 않고 있다.

사람들이 모두 합동하자고 하지만

그 실행에 이르러서는 힘이 미치지 못하니

그 죄를 서로 떠넘긴다.

또는 지금 형세가 불리하기 때문이라거나

경쟁도 해롭지 않다는 말로 핑계를 댄다.

이렇게 흘러간 세월이 망국 8년에 이르도록

국내외 뜻을 가진 사람들조차

서로 나뉘어 다툼이 여전하니

일치단결할 희망이 아득하다.

워싱턴이나 마치니 같은 마음이 필요하다.

국내외 지사들이

대동단결하지 못하는 현실을

두려워하여 깊이 반성하지 않고

당장 편하고 쉬운 방법이나 임시방편만 찾는다면

이는 궁예나 견훤처럼

마음이 흐려져서 헛된 꿈에 홀리는 것이고

미국 독립혁명을 이룬 워싱턴이나

이탈리아를 통일시킨 마치니 같은

참된 마음이 아니다.

— 본문에는 '궁견(弓甄)의 미몽(迷夢)이오 화마(華瑪)의 적성(赤誠)은 아니다.'라
고 하였다. 궁견(弓甄)은 궁예와 견훤, 화마(華瑪)는 워싱턴(George Washington)과
마치니(Giuseppe Mazzini)를 합해서 만든 말이다. 이 문장을 독자들이 알기 쉽게
풀면서 보완하였다.

6 갈 곳을 모른다.

요즘

러시아에 의지하자,

일본에 의지하자,

중국에 의지하자,

미국에 의지하자 하는 선비와

문(文)이다, 무(武)다,

남(南)이다, 북(北)이다 하는

의견과 주장이 뒤섞이고 뒤숭숭하여

갈 곳을 모른다.

— 문(文)과 무(武) : 일본을 이기기 위해서는 먼저 교육을 잘해서 인재를 길러야
한다는 주장과 먼저 총칼을 들고 나가 싸워야 한다는 주장.
— 남(南)과 북(北) : 독립군 기지를 북쪽인 러시아 연해주나 몽골에 만들어야 한
다는 주장과 그보다는 남쪽인 남북 간도나 산동성 지역에 만들어야 한다는 주장.
— 독립군 기지를 적의 심장인 일본 동경이나 오사카, 미국이나 멕시코에 만들자
는 주장도 있었고, 미국과 멕시코에는 실제로 독립군을 기르기 위한 군사학교를
만들기도 했음.

장이 찢어지고 창자가 끊어진다.

이렇게 나뉘어 다투기만 하면

이마에 부은 물이 발뒤꿈치까지 흐르듯이

옳고 그름을 가리지 않고

의견이 같은 사람끼리 한 패가 되고

다른 의견을 가진 사람들은 물리치는 버릇이

불쌍한 우리 자손에게 대대로 전해질 것이다.

그렇게 되면 우리 앞길은

영원히 추태만 연출하게 될 것이다.

생각이 이에 미치니

오장(五臟)이 찢어지고 구곡(九曲)이 잘라진다.

— 오장(五臟) 구곡(九曲) : 오장은 배 속에 있는 다섯 가지 장으로 간장, 신장, 심장, 비장, 폐장을 말한다. 구곡은 아홉 굽이처럼 굽이굽이 길게 들어 있는 대장과 소장을 말한다. 곧 오장이 모두 찢어지고 창자가 토막토막 끊어지는 아픔을 뜻한다.

8 괴물과 귀신이 역사를 끊어 낸다.

요즘 국내를 살펴보면 경술국치 이후로

마귀가 제멋대로 사납게 공격하여

국민들한테 작은 힘도 남아 있지 못하고,

반쪽은 일본인이고 반쪽은 한국인 같은

괴물이 날로 늘어나고,

스님도 아니고 일반 사람도 아닌

요사스런 귀신같은 것들이 늘어난다.

어떤 자들은

종교를 핑계로 일본을 따르는 데 앞장서고,

어떤 자들은

정치를 노래하면서 독립보다 자치가 먼저라고 떠든다.

저런 자들이 2천만 호흡기관을 파괴하며,

4천년 역사를 이어 온 큰 핏줄을 끊어 낸다.

몇 년 못 가 왜놈 글자만 쓰게 되겠다.

한국말을 쓰면 가혹한 벌을 받고,
한국 역사를 가르치면 바로 쫓겨난다.
만일 이대로 계속 가면 몇 년 못 가
아비와 아들이 주고받는 글에서도 왜놈 글자만 쓰고,
장례나 결혼식에서도
우리 겨레 옷은 보기 드물게 될 것이다.

이에
대한이 문서로 망할 때 눈물을 뿌린 사람들은
대한이 정말 망해 가는 것에 피가 솟구칠 것이다.

국민 주권이 발생한다.

융희(隆熙) 황제가

삼보(三寶)를 포기한 1910년 8월 29일은

곧 우리 동지들이 삼보를 계승한 날이니

그 사이 대한의 삼보는

한순간도 빼앗기거나 쉰 적이 없다.

우리 동지들이 대한국을 완전히 상속한 사람들이다.

저 황제권이 소멸한 때가 바로 민권이 발생한 때다.

— 융희 황제 : 대한제국 2대 황제인 순종이다.
— 삼보(三寶) : 귀와 입과 눈으로 세 가지 보배라는 뜻이다. 여기서는 국가의 세 가지 보배를 말하는데, 국토와 국민과 주권을 뜻한다.

신한국이 시작하는 날이다.

구한국이 끝나는 날은 곧

신한국이 시작하는 날이니 무엇 때문인가.

우리 한국은 오랜 옛날부터

한인(韓人)의 한(韓)이고

비한인(非韓人)의 한(韓)이 아니다.

한인(韓人)끼리 서로 주권을 주고받음은

역사 이래 불문법으로 이어 온 국헌이다.

따라서

한인(韓人)이 아닌 사람에게 주권을 넘겨주는 것은

그 근본부터가 무효다.

이는 한국민(韓國民) 천성이 절대 허락하지 않는다.

¹² 황제 주권을 국민이 돌려받았다.

1910년 8월 29일

융희 황제가 주권을 포기하는 순간

그 주권은 우리 국민과 동지들이 돌려받은 것이다.

우리 동지는 당연히

삼보(三寶)를 계승하여 통치할 특권이 있고

또한 대통(大統)을 상속할 의무가 있다.

— 대통(大統) : 국가를 운영할 권리와 권한.

¹³ 주권을 상속하였다.

2천만 생령(生靈)과

삼천리 국토와 4천년 주권은

우리 동지들이 상속하였으니

우리 동지는 이에 대하여 절대로 피할 수 없는

무한책임을 지게 된 것이다.

― 생령(生靈) : 살아 있는 넋이라는 뜻으로 '생명'을 이르는 말이다. 곧 2천만 국민
을 말힌다. 또 살아 있는 사람(생민生民)이라는 뜻도 있다. 넋이 제대로 살아 있는
국민, 정신이 바르게 살아 있는 시민, 함석헌은 이런 사람을 '씨알'이라고 불렀다.

통일조직을 만들어야 한다.

이와 같이

먼 옛날부터 끊임없이 이어서 물려받아 온 대로

삼보(三寶)를 상속한 사람은

완전한 통일조직을 만들어야

비로소 그 권리와 의무를 다 할 수 있을 것이다.

작은 이름과 이익에 빠져서 백년대계를 방해하면

이는 어린아이가 밤 대추를 먹으려다

제사상을 흩트리는 짓이다.

대동단결해야 한다.

지금 우리 동지들은

내외정세에 느낀 바가 깊고 절실하여

법리와 정신으로 국가를 상속한다는 큰 뜻을 선포하여

해외 동지의 총 단결을 주장하며

겉으로 국가다운 활동을 표방하며

이와 함께 속으로 대동단결을 주장하니,

그 이익으로

하나는 재정 둘은 인물 셋은 신용이다.

— 내외정세 : 1917년 당시 바깥으로는 세계 제1차 대전이 막바지로 접어들고, 러시아 혁명으로 큰 변화가 일어날 조짐을 보이고, 안으로는 일본 학정에 분노하는 기운이 점점 높아지고 있고, 중국과 러시아 지역에서 여러 독립군 군사학교를 졸업한 장교와 병사들이 수만 명을 헤아리고 있었다.

첫째, 재정을 말한다.

지금 일제의 포악하고 가혹한 정치를 피하여

국외로 나와 살아가는 동포가 무려 백만이다.

부자건 가난하건 평균하여

1인 반원(半圓)만 세금으로 내도 희망이 생긴다.

만일 총 단결 명분이 크게 바르고,

내세우는 주장이 맑고 깨끗해서

완전한 계통을 세워서 활동을 시도하면

50만 원은 걷을 수 있고,

그 돈으로 충분히

여러 가지 일을 해 나갈 수 있을 것이다.

— 반원(半圓) : 1원의 반이니까 50전. 한 사람이 50전씩만 세금으로 내면 희망이 생긴다는 뜻이다.
— 완전한 계통 : 완전한 계통을 갖춘 조직이란 곧 독립운동 단체들이 총 단결해서 만든 임시정부를 의미한다.

둘째, 인물을 말한다.

교룡(鮫龍)이

여기저기 작은 연못에 흩어져 있으니

큰 인물을 보기가 아주 어렵다.

따라서 지금 이후로는 총 단체 큰 뜻 아래

천하영재를 두루 모아서

무상법인(無上法人)의 대표를 선정하여

여러 인물을 각각의 능력에 맞게 일을 맡기면

인재가 날로 남아돌고 사업이 날로 발전하리니

인물운용을 합동을 해야 할 필요를 말함이다.

— 교룡(鮫龍) : 배는 붉고 등은 푸른 무늬가 있는 용. 때를 만나지 못하여 뜻을 이
루지 못하고 숨어 있는 인재를 비유한다.
— 무상법인(無上法人) : 무(無)는 없다는 뜻이고, 상(上)은 위, 임금, 군주를 뜻한
다. 법인은 법률상 인격을 부여받은 단체. 곧 임금이 없는 법인이란 민주정부 또는
민주국가 조직을 뜻한다.

셋째, 신용을 말한다.

위와 같이 재정을 합하고 인물을 모아

대의명분에 맞게 총 기관을 세우면

뚜렷하게 제1급의 국가적 권위가

확실하게 드러날 것이다.

그 규모는 크고 직권은 분명하고 실력이 넉넉해진다.

대내외 신용을 확립하고

크고 급한 일에도 대처하는 기능이 빨라져서

충분히 대법인(大法人) 운용이 주는

좋은 작용을 볼 수 있을 것이다.

― 대법인(大法人) : 무상법인(無上法人)이 민주 정부를 의미한다면 대법인(大法人)은 그런 민주 정부를 담아낼 정도로 큰 틀이 되는 국가를 의미한다고 할 수 있다.

19 통일기관은 완전한 국가의 앞 단계다.

동서 정세에 비춰어 보건대

제1차 통일기관은 제2차 통일국가의 뿌리가 되고

제2차 국가에 맞는 법률 제도를 만드는 것은

완전한 국가를 만드는 전신(前身)이 된다.

기회를 바라는 속마음은 모두 같으니

준비하는 사람들 소원을 무시하거나 잊을 리 없다.

오늘 우리 눈앞에 횡와(橫臥)한 행운을 얻을 기회가

무언가를 기대하니

시간이 지남에 따라 더욱더

우리의 유기적 통일을 기다린다.

— 전신(前身) : 전신이란 무엇이 태어나기 전 본래 모습이다. 곧 독립운동가들이
꿈꾸는 완전한 독립국가 건설을 위한 본체를 의미한다.
— 횡와(橫臥) : 한문으로만 보면 가로와 세로로 편하게 누워 있다는 뜻이다. 앞뒤
문맥으로 볼 때 자유롭게 이리저리 누울 수 있는, 곧 편안하게 살 수 있는 세상을
만들 수 있는 행운을 얻을 기회라는 것이다.

20 신성한 나라를 세울 기운이 돌아오고 있다.

지옥을 깨부수자는 소리와

성국건립(聖國建立)의 기운이

큰 흐름을 따라 돌아오고 있으니

우리 동지들이

이제 스스로 모여 굳세게 하나로 뭉쳐야 할 때다.

— 성국건립(聖國建立) : 신성한 나라를 세운다. 단군이 세운 신성한 나라. 우리 민족은 나라가 망하면 곧이어 다시 세워 왔다. 그런 기운이 우주 공전의 원리처럼 다시 돌아오고 있다는 뜻이다.

21 정부가 나타날 징조가 보인다.

동쪽 이웃이 살우(殺牛)하나 얼마 가지 못할 테고

구름은 가득하나

아직 비는 오지 않아 서쪽 들판에 서 있으나

오랜 옛날부터 밝은 빛이

아름다운 우리 땅을 환하게 비추어

대대로 이어 오며 두텁게 쌓아 온 힘으로

어지럽고 포악한 겉껍질을 두들겨 무너뜨리니

박달나무 향나무 향기가 바람에 불어오니

대중이 크게 기뻐하는 이날이 복 받는 날이다.

장엄하고 신성한 무상법인(無上法人)

크게 한번 나타날 상서로운 징조가 아닌가.

— 살우(殺牛) : 쇠뿔을 바로잡으려다 소를 죽인다는 교각살우(矯角殺牛)에서 나
온 말이다. 작은 흠을 바로잡겠다면서 나쁜 방법이나 수단을 쓰다 큰 손해를 본다
는 뜻이다. 여기서는 동쪽 이웃인 일본이 교각살우와 같은 짓을 하니 그 끝이 얼마
남지 않았다는 뜻이다. 다음 문장에 있는 '서쪽 들판'은 중국을 의미한다.

22 대중들이 기쁜 소식을 기다린다.

이로 말미암아

차갑게 식었던 피가 크게 흔들리고

죽음 같은 긴 잠에서 처음처럼 깨어나며

죽었던 영혼이 활기를 되찾고

시들어 괴롭힘을 받던 대중들이 기쁜 소식을 기대한다.

— 이로 말미암아 : 독립운동 단체들이 대동단결하여 무상법인을 세운다는 소식
으로 말미암아.

23 일치단결은 새 한국의 생명이다.

아아! 우리는 오늘에 이르러

우리를 둘러싸고 빠르게 치닫는 흐름과

한 조각 붉은 충심이 거세게 일어나

참으려 해도 참을 수 없고 주저할 여유가 없어

이에 주권상속이라는 큰 뜻과

대동단결해야 한다는 문제를 제시하여

먼저 각계 지혜롭고 사리에 밝은

모든 사람들의 찬동을 구하며

계속하여 일반 국민들이 잠에서 깨어나기를 재촉하며

나아가 세계의 공론을 바꿔 일으키고자 하니

일치단결은 신한(新韓)의 광명이고 진리이고 생명이다.

— 신한(新韓) : 대한제국으로 돌아가는 것이 아니라 새로운 민주국가, 결과로 보
면 대한민국을 건설하자는 의미가 담긴 말이다. 이 선언 1년 뒤에 상해에서 신한청
년당을 조직했는데, 그들이 주로 나중에 3.1혁명과 대한민국 독립, 대한민국 임시
외정원 구성, 대한민국 임시정부 수립과 운영의 실무를 맡는다.

24 죽느냐 사느냐 갈림길에 서 있다.

이를 떠나면

우리 앞길은 암흑이요 거짓이요 사망이니

그러므로 나뉘는가 합하는가의 문제는

곧 죽느냐 사느냐의 갈림길이다.

우리 단결이 하루가 빠르면

신한(新韓)의 부활이 하루가 빠르고

우리 단결이 하루가 늦으면

신한의 건립이 하루가 늦으니

이러한 하늘의 이치를 따르는 사람들 마음에 비추어

사사로운 감정이 없이 공정하게 의논함으로써

만천하 동지 여러분 앞에 선포하고 제안하는 것이다.

²⁵ 기본 방침을 제안한다.

1. 해외 각지에 현존하는 크고 작은 단체, 겉으로 나타나 있거나 숨어 있거나를 막론하고 모든 단체를 모아 통일하여 유일무이(唯一無二)의 최고기관을 조직할 것.

2. 중앙 총본부를 상당한 지점에 설치하여 일체 한민족(韓民族)을 통치하며 각지에 지부를 두고 관할구역을 바르게 정할 것.

3. 대헌(大憲)을 제정하며 민정(民情)에 맞는 법치를 실행할 것.

4. 독립평등의 성권(聖權)을 주장하여 동화(同化)의 마력(魔力)과 자치(自治)의 열근(劣根)을 방제할 것.

5. 국정(國情)을 세계에 공개하여 국민외교를 실행할 것.

6. 영구히 통일적 유기체의 존립을 공고히 하기 위하여 동지간의 애정을 수양할 것.

7. 위의 실행방법은 이미 조직되어 있는 각 단체의 대표와 덕망이 있는 개인들이 모여 회의로 결정할 것.

단제기원(檀帝紀元) 4250년 7월

대한독립선언서

중국 길림에서 활동하던 대한독립의군부(大韓獨立義軍府)에서
1919년 2월 작성한 독립선언서다. 실제로 널리 배포된 때는
1919년 3월 1일 직후로 알려져 있다. 굳센 뜻이 보이고,
새로 세우는 나라는 세계 평화와 평등과 국민의 균등한 삶과 복리를
실현하는 민주국가여야 한다는 생각이 뚜렷하다.

皇은 一神께서 昭하신 世界萬邦에 誥諭하야 우리 獨立은 天人合應의 純粹한 動機로 民族自保의 正當한 權利를 行使함이오 決코 眼前의 利害에 偶然한 衝動이 아니며 因緣에 感情으로 非文明的 報復手段에 自足함이 아니라 實노 恒久一貫한 國民의 至誠激發하야 人類

至公正한 義를 基하야 現象이며 我 大衆의 公義를 獨立으로 進行하야 一切方便으로 軍國專制를 劃除하야 民族平等을 全球에 普施할지니 此는 我 獨立의 第一義오 武力兼倂을 根絶하야 平均 天下의 公道로 進行하는 一切方便으로 軍國專制를 劃除하야 民族平等을 全球에 普施할지니 此는 我 復國의 使命이오 同權同富로 一切同胞에 施하야 男女貧富를 齊하며 等賢等智老幼에 均하야 四海人類를 度하리니 此는 我 立國의 旗幟오 進하야 國際不義를 監督하고 宇宙의 眞善美를 軆現할지니 此는 我 韓民族이 應時復活의 究竟義니라

檀君大皇祖께서 上帝께 左右하사 우리의 機運을 命하시며 世界와 時代가 우리의 福利를 助하는도다 正義는 無敵의 劒이니 此로써 逆天의 魔와 盜國의 賊을 一手屠決하라. 此로써 四千年 祖宗의 榮輝를 顯揚할지며 此로써 二千萬 赤子의 運命을 開拓할지니 起하라 獨立軍아 齊하라 獨立軍아. 天地로 網한 一死는 人의 可逃치 못할 바인즉 犬馬도 一生을 誰가 苟圖하리오 踏身成仁하면 二千萬同胞와 同軆로 復活하리니 一身을 何惜이며 傾家復國하면 三千里沃土가 自家의 所有이니 一家를 犧牲하라. 嗟我 同心同德인 二千萬兄弟姉妹아. 國民本領을 自覺한 獨立임을 記憶할지며 東洋平和를 保障하고 人類平等을 實施키 爲한 自立임을 銘心할지며 皇天의 明命을 祗奉하야 一切邪網에서 解脫하는 建國인 줄을 確信하야 肉彈血戰으로 獨立을 完成할지어다

妹아 我

檀君紀元四千二百五十二年二月 日

가나다順

金教獻　呂準　李相龍　朴容萬　任
金奎植　柳東說　李世永　朴殷植　尹世復
金東三　李光　李承晚　朴贊翊　曹煜

◎◎◎◎◎◎◎ 大韓獨立宣言書

我大韓同族男妹와 曁我遍球友邦同胞아 我大韓은 完全한 自主獨立과 神聖한 平等福利로 我子孫黎民에 世々相傳키 爲하야 玆에 異族專制의 虐壓을 解脫하고 大韓民主의 自立을 宣布하노라

我大韓은 無始以來로 我大韓의 韓이오 異族의 韓이 아니라 半萬年史의 內治外交는 韓王韓帝의 固有權이오 百萬方里의 高山麗水는 韓男韓女의 共有産이오 氣骨文言이 歐亞에 拔萃한 我民族은 能히 自國을 擁護하며 萬邦을 和協하야 世界에 共進할 天民이라 韓一部의 權이라도 異族에 讓할 義가 無하고 韓一尺의 土라도 異族이 占할 權이 無하며 韓一個의 民이라도 異族이 干涉할 條件이오 無하며 我韓은 完全한 韓人의 韓이라

噫라 日本의 武孽이여 壬辰以來로 半島에 積惡은 萬世에 可掩치 못할지며 甲午以後의 大陸에 作罪는 萬國에 能容치 못할지라 彼가 嗜戰의 惡習은 自保自衛의 口實로 藉하더니 終乃 反天逆人의 妄詭政策을 敢行하야 宗敎를 逼迫하야 神化의 傳達을 沮戱하고 學人을 制限하야 文化의 流通을 防遏하얏고 人權을 剝奪하며 經濟를 籠絡하야 軍警의 武斷과 移民의 暗計로 韓族을 滅絶하며 天을 逆하고 人을 賊하야 邦을 戕하고 神을 侮하야 韓族을 磨滅함이 幾何十年 武孽의 作亂이 此에 極하니 一으로 天運을 順하고 人을 應하야 大韓獨立을 宣布하는 同時에 彼의 合邦하든 罪惡을 宣布懲辦하노니

一, 日本의 合邦動機는 彼所謂 汎日本의 主義를 亞洲에 肆行함이니 此는 東洋의 敵이오

二, 日本의 合邦手段은 詐欺强迫과 不法無道와 武力暴行이 極備하얏스니 此는 國際法規의 惡魔이며

三, 日本의 合邦結果는 軍警의 蠻權과 經濟의 壓迫으로 種族을 磨滅하며 宗敎를 强迫하며 敎育을 制限하야 世界文化를 沮障하얏스니 此는 人類의 賊이라

所以로 天意人道와 正義法理에 照하야 萬國立證으로 合邦無效를 宣播하며 彼의 罪惡을 懲膺하며 我의 權利를 回復하노라

噫라 日本의 武義人이여 頑迷 不悟하면 全部 禍根이 爾에 在하니 復舊自新의 利益을 反復曉諭하노니 各其 原狀을 回復하라 民族의 慊誠

대한민주의 자립을 선포한다.

우리 대한 민족의 남매와

세계의 우방 동포들이여.

우리 대한은 완전한 자주 독립과 신성한 평등복지를

우리 자손들에게

세대를 이어 가며 누릴 수 있도록 하기 위하여

지금 다른 민족의 독재와 학대와 억압을 벗어던지고

대한민주의 자립을 선포하노라.

— 민족의 남매 : 원문에는 동족(同族) 남매(男妹)로 쓰여 있으나, 우리 민족을 뜻
하는 동족이라는 말은 요즘 잘 안 쓰므로 민족으로 바꾸었다. 대한 민족 모두 남
매와 같은 한 핏줄임을 강조하고 있다.
— 평등복지 : 원문은 평등복리다. 모든 국민이 평등하게 복리를 누리는 국가를
뜻한다. 요즘은 복리보다는 복지라는 말을 많이 쓰기 때문에 복지로 바꾸었다.

2 대한 국토는 우리 민족의 공유 재산이다.

우리 대한은 오랜 옛날부터

우리 대한의 한(韓)이며 다른 민족의 한(韓)이 아니다.

반만년 역사에서 내치와 외교는

한왕한제(韓王韓帝)의 고유한 권한이요

백만방리(百萬方里)의 높은 산과 아름다운 물은

한남한녀(韓男韓女)의 공유 재산이다.

— 한왕한제(韓王韓帝) : 한민족의 왕과 황제.

— 백만방리(百萬方里) : 국토.

— 한남한녀(韓男韓女) : 우리 한민족 모두를 뜻함.

3 우리는 세계와 함께 나갈 민족이다.

우리 대한 민족은 기골문언(氣骨文言)이

아시아와 유럽에서 뛰어나게 아름답고 깨끗하며

자신의 나라를 옹호할 능력이 있으며

세계 모든 나라와 평화롭게 협력하며

세계와 함께 나아갈 민족이다.

— 기골문언(氣骨文言) : 기세나 얼, 골격이나 몸의 생김새, 글과 말.
얼과 몸과 말과 글이 뛰어나게 아름답고 깨끗하다.

4 완전한 한인(韓人)의 한(韓)이다.

한(韓)의 권리 일부라도

다른 민족에게 양보할 뜻이 없으며

한(韓)의 땅 한 뼘이라도

다른 민족이 가질 권한이 없으며

한(韓)의 한 사람의 백성이라도

다른 민족이 간섭할 조건이 없으니

우리 한(韓)은

완전한 한인(韓人)의 한(韓)이다.

— 한(韓) : 삼한(三韓), 대한(大韓)처럼 국가 이름이면서 동시에 우리 민족 이름으
로 쓰고 있다.

일본이 무력으로 지은 죄가 쌓였다.

아! 일본의 비천한 군인들이여.

임진왜란 이후 이 땅에 쌓아 놓은 나쁜 짓은

만년이 지나더라도 숨길 수 없을 것이며,

갑오년 동학혁명 이후 대륙에서 지은 죄는

세계 만국이 용납하지 못할 일이다.

일본의 죄를 말한다. - 1

일본의 전쟁을 즐기는 나쁜 습관은
자기를 보호하고 자기를 지킨다고 말하더니
마침내 하늘에 반역하고
사람을 거스르면서 보호합방을 강제하고,

일본의 맹세를 어기는 못된 버릇은
영토보존이니 문호개방이니 기회균등이니 떠들다가
금방 의리도 잊고 법도 무시하며 강제로 조약을 맺었다.

일본의 요망한 정책은

감히 종교와 문화를 말살하였고

교육을 제한하며

과학의 유통을 막아서 해를 끼쳤고

인권을 박탈하고 경제를 농락하며

군대와 경찰 힘과 못된 꾀로

일본인의 조선 이민을 늘려서

한민족을 없애고

일본인을 늘리려는 간사하고 흉악한 짓을 하고 있다.

일본이 우리 한민족을

갈아서 닳아 없어지게 하고 있다.

십 년 동안 비열하고 천박한 무력으로 친 장난이

지금 극에 달했으니

하늘이 그들의 더럽고 흉악한 행실을 싫어하시어

우리에게 좋은 기회를 만들어 주시니

우리는 하늘의 순리를 따르는 사람으로

대한 독립을 선포하는 동시에

일본이 합병하던 죄악을 널리 알려 징벌하고자 하노라.

첫째,

일본이 조선을 합병한 까닭은

소위 그들이 말하는 범일본주의(汎日本主義)를

아시아에서 제멋대로 행한 것이니

이는 동양의 적이다.

— 범일본주의(汎日本主義) : 일본을 중심으로 동양을 침략하는 서양에 맞서려면 아시아 여러 나라가 일본이 되어야 한다는 주장. 일본족, 조선족, 중국족, 만주족, 몽골족이 합해서 서양에 맞서자는 오족협화론(五族協和論)이나 아시아 모든 민족과 국가를 하나로 묶는 대동아공영권(大東亞共榮圈)을 만들어 서양 식민지로 되어 있는 아시아 민족을 해방시켜서 동양평화를 이루자는 주장과 같다. 이 주장이 더 확대되면 전 세계를 일본으로 만들겠다는 논리가 된다. 안중근은 이런 일본의 잘못된 범일본주의를 바탕으로 히는 동양평화론에 정면으로 반박하고 비판하면서 그런 거짓된 동양평화론을 앞장서 주장하던 이토 히로부미를 동양의 적이라고 규정하고 사살하였다.

둘째,

일본의 합병 수단이

사기와 강박,

불법 무도와 무력 폭행을

두루 갖춘 것이니

이는 국제 법규를 어긴 악마다.

셋째,

일본이 합병한 결과

군경의 야만스런 힘과 경제 압박으로

우리 민족을 마멸하고 있으며,

종교를 강박하고 교육을 제한하여

세계 문화 발전을 해치고 있으니

이는 인류의 적이다.

12 우리의 권리를 회복한다.

이런 까닭으로

하늘의 뜻과

사람의 도리와 정의와 법리(法理)에 비추어

세계 만국의 입증으로

합병 무효를 널리 선언하여

일본의 죄악을 응징하며

우리의 권리를 회복하노라.

¹³ 일본을 다시 타이른다.

아! 일본의 비천한 무인들이여.

작은 벌과 큰 타이름이 너한테는 복이니

섬은 섬으로 돌아가고

반도는 반도로 돌아가며

대륙은 대륙으로 돌아갈지어다.

각기 원래 상태를 회복하는 일은

아시아의 행복인 동시에 너희한테도 다행이도다.

고집만 세서 깨닫지 못한다면

모든 재앙의 뿌리가 너희에게 있는 것이니,

옛것을 회복하여 자신이 새로워지는 것이

이익이 됨을 깨우치라고 다시 타이르노라.

¹⁴ 하늘의 뜻을 실현하는 것이다.

잘 살펴보라.

민중을 약탈하는 마적(魔賊)이던

전제와 강권은 남아 있던 불꽃도 이미 다 꺼져 가고

인류에 주어진 평등과 평화는

밝은 해처럼 하늘에 가득하며

공의(公義)의 심판과 자유의 보편은

정말 오랜 세월 쌓인 재앙을 한 번에 씻어 내고자 하는

하늘의 뜻이 실현되는 것이요,

약소국과 약한 민족을 살려 내는

대지(大地)의 복음(福音)이다.

크도다, 시대의 정의여.

— 마적(魔賊) : 악마와 도둑. 전제국가나 독재국가에서 지배자들이 민중의 재산
을 함부로 빼앗아 가는 악마처럼 나쁜 도둑이라는 의미.
— 공의(公義) : 공평하게 올바르다.

15 세계 평화에 힘을 보태기 위함이다.

이제 때를 만난 우리가 함께 나서서

옳지 못한 강권과 속박에서 벗어나고

밝은 빛으로 평화와 독립을 회복함은,

하늘의 뜻을 떨치며 인심에 순응하고자 함이며

지구에 발을 딛고 선 권리로

세계를 개조하여

천하가 평화롭게 되기를 찬성해서

함께 힘을 보태기 위함이다.

우리 독립은 정당한 권리이다.

우리는 이제 이천만 대중의 참된 마음을 대표하여

감히 하느님께 밝혀 아뢰며 세계만방에 알리나니,

우리 독립은

하늘과 사람이 합응(合應)하는 순수한 동기에 따라

민족이 스스로 자신을 지키는

정당한 권리를 행사하는 것이다.

대한 독립은 참된 길이다.

실로 오랫동안 일관하는

국민의 지극한 정성이 격발하여

저들 다른 민족으로 하여금 느끼고 깨달아

스스로 새로워지게 하는 것이며

우리가 얻고자 하는 것은

야비한 정치궤도를 넘어서

참된 도의(道義)를 실현하는 것이다.

— 도의(道義) : 개인이나 단체나 국가 정부가 마땅히 지키고 따라야 할 올바른 생
가과 행동.

18 민족의 평등을 전 지구에 펼쳐야 한다.

아! 대중들이여.

공의(公義)로 독립한 이는 공의로 진행할 것이다.

모든 방편으로 군국전제(軍國專制)를 없애고

민족 평등을 전 지구에 널리 펼칠 것이니

이것이야말로 우리 독립의 첫 번째 뜻이다.

— 군국전제(軍國專制) : 군사력으로 국내 통치는 물론 다른 나라까지 침략하는
군국주의와 국가 통치권을 왕이나 독재자 한 사람이 장악해서 국민을 힘으로 억
누르는 전제주의를 합한 말이다.

국가를 무력으로 합하지 못하게 해야 한다.

국가가 국가를 무력으로 **빼앗아**

하나로 합하는 것을 못하도록 근절(根絶)하여

천하 국가는 모두 평등하다는

공평하고 올바른 도리로 진행할 것이니

이는 우리 독립의 본령이다.

— 근절(根絶) : 식물이 다시 살아날 수 없도록 아주 뿌리째 없애 버림.
이 글에서는 국가가 국가를 무력으로 억누르거나 **빼앗는** 나쁜 짓을 다시는 할 수
없도록 해야 한다는 의미.

20 전쟁을 엄하게 금지해야 한다.

밀약(密約)을 하고

개인이나 자기 나라 이익만 얻기 위해

전쟁하는 것을 엄하게 금지하고

대동평화(大同平和)를 선전할 것이니

이는 우리가 나라를 되살려야 하는 사명이다.

— 밀약(密約) : 앞에서는 평화를 이야기하면서 뒤로는 서로 다른 나라를 빼앗는
약속을 몰래 하는 것.
— 대동평화(大同平和) : 세계 모든 나라와 인류 전체가 함께하는 평화.

21 균등한 세상을 만들려고 한다.

모든 동포에게

권리와 재산을 동등하게 나누어 주고

남녀와 빈부를 고르게 하여

모두 어질고 오래 살도록 하고

똑똑하거나 어리석거나 늙었거나 어리거나

모두 균등하게 대하여

세계 인류를 행복하게 할 것이니

이는 우리가 나라를 세우는 까닭이다.

²² 우주의 진선미를 체현하게 할 것이다.

나아가

국제불의(國際不義)를 감독하고

우주의 진선미(眞善美)를 체현(體現)할 것이니

이는 우리 대한민족이

때를 맞추어 부활하여

끝내 이루고 싶은 마음이다.

— 국제불의(國際不義) : 국제 사회에서 일어나는 잘못된 일.

— 진선미(眞善美) : 참되고 착하고 아름다운.

— 체현(體現) : 사상이나 관념처럼 정신세계에서 일어나는 일을 직접 그 모습을
볼 수 있도록 나타나게 하거나 몸으로 겪을 수 있도록 행동으로 실현함.

23 정의는 무적의 검이다.

한마음 한 뜻인 2,000만 형제자매여.

우리 단군 태황조(檀君大皇祖)께서

상제(上帝)와 함께하시어

우리의 기운을 주시며

세계와 시대가 우리의 복리를 돕는구나.

정의는 무적의 검이니

이로써 하늘을 거스르는 악마와

나라를 도적질하는 적을 한 손에 처결하라.

이로써 5,000년 조종(祖宗)의 빛나는 영광을

세상 높이 드러낼 것이며

이로써 2,000만 백성의 운명을 개척할 것이다.

— 한마음 한 뜻인 : 원문은 동심(同心)동덕(同德)이다. 동덕(同德)은 천도교에서
같은 교인끼리 서로 부르는 말이다.
— 단군 태황조(檀君大皇祖) : 단군 할아버지.
— 상제(上帝) : 하느님.
— 조종(祖宗) : 한 민족이나 국가를 시작하는 시소가 되는 조상. 시조.

24 우리는 개돼지 같은 삶을 원하지 않는다.

일어나라, 독립군아,

마음을 가다듬어라, 독립군아.

세상에 나서 한 번 죽음은 사람이 피할 수 없는 길이니

개돼지와 같은 삶을 누가 원하겠는가.

살신성인(殺身成仁)하면

2,000만 동포가 한 몸으로 부활할 것이니

내 한 몸을 아끼지 않을 것이다.

— 살신성인(殺身成仁) : 자기 몸을 희생하여 인(仁)을 실현함. 인(仁)은 남을 사랑
하고 어질게 대하는 마음과 행동.

25 동양 평화를 위한 건국이고 독립이다.

한마음 한 뜻인 2,000만 형제자매여.

국민이 본래 갖고 있던

권리를 자각한 독립임을 기억할 것이며

동양 평화를 보장하고

인류 평등을 실현하기 위한 자립임을

가슴에 새길 것이며

하늘의 밝은 뜻을 받들어

모든 그릇된 그물에서 벗어나는 건국임을 굳게 믿고

육탄혈전(肉彈血戰)으로 독립을 완성할지어다.

— 육탄혈전(肉彈血戰) : 몸을 총탄으로 삼아 전쟁에 나가 피를 흘림.

04

3·1 독립선언서

1919년 3월 1일 발표한 독립선언서다. 1919년이 기미년이라
「기미독립선언서」 또는 「3·1 독립선언서」라고 부른다.
1919년 3월 1일, 독립선언서에 서명한 민족 대표들은
태화관에 모여서 읽고, 학생과 민중들은 서울탑골공원 팔각정 앞에서
읽은 다음에 만세 시위에 들어갔다. 이를 시작으로 3·1독립 만세가
한국은 물론 교포들이 살고 있는 세계 곳곳으로 힘차게 퍼져 나갔다.

야 한갓 征服者의 快를 貪할뿐이오 我의 久遠한 社會基礎와 卓犖한 民族

日本의 少義함을 責하려 안이하노라 自己를 策勵하기에 急한 吾人은 他의 怨尤를 暇치 못한다 하야

라 現在를 綢繆하기에 急한 吾人은 宿昔의 懲辨을 暇치 못하노라 今日 吾人의 所任은 다만 自己

의 建設이 有할뿐이오 決코 他의 破壞에 在치 안이하도다 嚴肅한 良心의 命令으로써 自家의 新

運命을 開拓함이오 決코 舊怨과 一時的 感情으로써 他를 嫉逐排斥함이 안이로다 舊思想 舊勢

力에 羈縻된 日本爲政家의 功名的 犧牲이 된 不自然 又 不合理한 錯誤狀態를 改善匡正하야 自

然 又 合理한 正經大原으로 歸還케 함이로다 當初에 民族的 要求로서 出치 안이한 兩國併合의

結果가 畢竟 姑息的 威壓과 差別的 不平과 統計數字上 虛飾의 下에서 利害相反한 兩民族間에

永遠히 和同할수업는 怨溝를 去益深造하는 今來 實績을 觀하라 勇明果敢으로써 舊誤를 廓正

하고 眞正한 理解와 同情에 基本한 友好的 新局面을 打開함이 彼此間 遠禍召福하는 捷徑임을

明知할것 안인가 또 二千萬 含憤蓄怨의 民을 威力으로써 拘束함은 다만 東洋의 永久한 平和를

保障하는 所以가 안일뿐 안이라 此로 因하야 東洋安危의 主軸인 四億萬 支那人의 日本에 對한

危懼와 猜疑를 갈스록 濃厚케 하야 그 結果로 東洋全局이 共倒同亡의 悲運을 招致할것이 明하

니 今日 吾人의 朝鮮獨立은 朝鮮人으로 하야금 正當한 生榮을 遂케 하는 同時에 日本으로 하야

금 邪路로서 出하야 東洋支持者인 重責을 全케 하는것이며 支那로 하야금 夢寐에도 免하지 못

하는 不安恐怖로서 脫出케 하는 것이며 또 東洋平和로 重要한 一部를 삼는 世界平和 人類幸福

宣言書

吾等은 玆에 我 朝鮮의 獨立國임과 朝鮮人의 自主民임을 宣言하노라 此로써 世界萬邦에 告하야 人類平等의 大義를 克明하며 此로써 子孫萬代에 誥하야 民族自存의 正權을 永有케 하노라

半萬年 歷史의 權威를 仗하야 此를 宣言함이며 二千萬 民衆의 誠忠을 合하야 此를 佈明함이며 民族의 恒久如一한 自由發展을 爲하야 此를 主張함이며 人類的 良心의 發露에 基因한 世界改造의 大機運에 順應幷進하기 爲하야 此를 提起함이니 是ㅣ 天의 明命이며 時代의 大勢ㅣ며 全人類 共存同生權의 正當한 發動이라 天下何物이던지 此를 沮止抑制치 못할지니라

舊時代의 遺物인 侵略主義 强權主義의 犧牲을 作하야 有史以來 累千年에 처음으로 異民族箝制의 痛苦를 嘗한지 今에 十年을 過한지라 我生存權의 剝喪됨이 무릇 幾何ㅣ며 心靈上 發展의 障礙됨이 무릇 幾何ㅣ며 民族的 尊榮의 毀損됨이 무릇 幾何ㅣ며 新銳와 獨創으로써 世界文化의 大潮流에 寄與補裨할 機緣을 遺失함이 무릇 幾何ㅣ뇨

噫라 舊來의 抑鬱을 宣暢하려 하면 時下의 苦痛을 擺脫하려 하면 將來의 脅威를 芟除하려 하면 民族的 良心과 國家的 廉義의 壓縮銷殘을 興奮伸張하려 하면 各個 人格의 正當한 發達을 遂하려 하면 可憐한 子弟에게 苦恥的 財産을 遺與치 안이하려 하면 子子孫孫의 永久完全한 慶福을 導迎하려 하면 最大急務가 民族的 獨立을 確實케 함이니 二千萬 各個가 人마다 方寸의 刃을 懷하고 人類通性과 時代良心이 正義의 軍과 人道의 干戈로써 護援하는 今日 吾人은 進하야 取하매

민족의 생존 권리를 영원히 누리도록 한다.

우리는 오늘

우리 조선이 독립국이며

조선 사람이 자주민임을 선언하노라.

이 선언을 세계 모든 나라에 알려

인류가 평등하다는 큰 뜻을 밝히며,

이 선언을 자손만대에 알려

민족이 스스로 살아갈 정당한 권리를

영원히 누리도록 하노라.

2 모든 인류가 함께 살기 위한 권리다.

반만년 역사의 권위를 바탕으로 이를 선언하며,

이천만 민중의 정성을 모아서 이를 널리 밝히며,

우리 민족이 오래도록

변함없는 자유를 발전시키기 위하여 이를 주장하며,

인류의 양심이 나타남에 따라

세계를 고치려는 큰 기운과 함께하기 위하여

이를 제기하니,

이는 하늘의 밝은 명령이며 시대의 큰 흐름이라

모든 인류가 함께 살기 위한 권리를

정당하게 행사하는 것이기에

세상 누구도 이를 막거나 억누르지 못할 것이라.

³ 우리 민족 고통이 크다.

낡은 시대에서 버려진

침략주의와 강권주의에 희생이 되어

우리 겨레 역사가 시작되고 수천 년에 처음으로

다른 민족에게 자유를 빼앗겨 뼈아픈 괴롭힘을 당한 지

어느새 십 년이 지났도다.

4 그동안 잃은 것이 너무 많다.

그동안 우리 민족이

생존권을 빼앗겨 잃은 것이 그 얼마이며,

마음, 정신, 영혼의 발전이 가로막힌 것이

무릇 얼마이며,

민족의 존엄과 영광에 손상을 입은 것이 무릇 얼마이며,

새로운 기운과 독창력으로

세계 문화를 발전시키는

큰 물길에 기여할 기회를 잃은 것이

무릇 얼마인가!

⁵ 민족의 독립을 확실하게 해야 한다.

오랜 억울함을 떨치고 일어나려면,

지금 당하는 고통에서 벗어나려면,

장래의 위협을 풀 베듯이 깎아 버리려면,

민족의 양심과 국가의 체면이 짓눌려

시든 것을 되살리려면,

사람마다 제 인격을 정당하게 발전시키려면,

가엾은 아들딸들에게

괴롭고 부끄러운 유산을 물려주지 않으려면,

자자손손에게 영원하고 완전한 행복을 안겨 주려면,

가장 크고 급한 일이 바로

민족의 독립을 확실하게 하는 것이라.

⁶ 마음속에 칼을 품고 나간다.

이천만 각자가

사람마다 마음속에 칼을 품고,

인류 공통의 성품과 시대의 양심이

정의로운 군사가 되고

인도주의가 창과 방패가 되어

우리를 지켜 주는 오늘날,

우리는 앞으로 나아가 이룰 것이니

어찌 상대가 강하다고 꺾지 못하랴

조금 겸손하게 행동한다 해도

어찌 그 뜻을 펼치지 못하랴.

7 일본을 죄 주려는 것이 아니다.

일본이 병자수호조약 이후

때때로 굳게 맺은 갖가지 약속을 배반하였다 하여

그 배신을 죄 주려는 것이 아니노라.

학자는 강단에서

정치인은 실생활에서,

우리 조상 때부터 물려받은 이 디전을 식민지로 삼고,

우리 문화 민족을 야만인으로 보고

한갓 정복자의 쾌감이나 탐내면서

우리 민족이 오랫동안 다져 온 사회 기초와

뛰어난 민족 성품을 무시한다 해서

일본의 속 좁음을 꾸짖으려는 것도 아니노라.

스스로를 채찍질하고

격려하기에 바쁜 우리는

남의 결점을 나무랄 겨를이 없노라.

새 운명을 개척하는 것이다.

현재를 준비하기에 바쁜 우리는

지난 죄를 갖고 다툴 시간이 없노라.

오늘 우리에게 주어진 임무는

다만 자기 건설이 있을 뿐이지,

결코 남을 파괴하는 데 있는 것이 아니하도다.

엄숙한 양심의 명령으로

자신의 새 운명을 개척하는 것이지,

결코 묵은 원한과 한때 일어난 감정으로

남을 시기하고 미워하는 것이 아니로다.

본래 자리로 돌아가게 하려는 것이다.

낡은 사상과 낡은 세력에 얽매여 있는

일본 정치인들의 이름을 떨치고 싶은 욕심에 희생된

부자연스럽고 불합리하게

잘못된 현실을 바르게 고쳐서

올바른 큰 원칙에 따라 자연스럽고 합리적으로

본래 자리로 돌아가게 하려는 것이다.

¹⁰ 새로운 우호관계를 열어야 한다.

처음부터 우리 민족의 요구에서 나온 것이 아닌

두 나라의 '병합' 결과가

끝내 위압으로 유지하려는 한때 수단과 방법으로

민족에 대한 차별과 불평등, 온갖 통계 숫자를 거짓으로

꾸미면서

서로 이해가 다른 두 민족이 영원히 함께할 수 없는

원한의 구덩이를 더욱 깊게 만들고 있는 오늘날 실정을

보아라!

용감하고 현명하고 과감하게 지난 잘못을 뜯어고치고,

참된 마음과 이해를 바탕으로 새로운 우호 관계를 열어

나가는 것이

서로 간에 화를 쫓고 복을 불러들이는 지름길인 줄을

훤히 알아야 할 것이 아니냐!

¹¹ 동양이 모두 함께 망한다.

또한 원한이 쌓여서 분노를 품은

이천만 민족을 폭력으로 억압하는 것은

동양의 영구한 평화를 보장하는 길이 아닐 뿐만 아니라,

이 때문에 동양의 안전과 위태함을 좌우하는

사억 지나인이

일본을 의심하고 혐오하고 싫어하는 마음이

갈수록 짙어지노라.

그 결과 동양이 모두 함께 쓰러져 망하는

비참한 운명을 부르게 될 것이 분명하다.

— 사억 지나인 : 지나인은 중국인, 1919년 무렵 중국 인구가 4억 정도 되었음.

12 조선 독립은 세계 평화로 가는 디딤돌이다.

오늘 우리 조선 독립은

조선 사람들이 올바른 삶을 살 수 있게 하면서

일본 역시 나쁜 길에서 벗어나

동양을 받쳐 주는 중책을 다하게 하는 것이며,

지나로 하여금 꿈에서도 벗어나지 못하는

불안과 공포에서 탈출시켜 주는 것이며,

동양 평화를 위해서도 중요한

세계 평화와 인류 행복으로 가는 디딤돌이 되는 일이다.

13 새 문명을 여는 새벽빛이 비친다.

아아!

새 세상이 눈앞에 펼쳐지도다.

위력(威力)의 시대가 가고

도의(道義) 시대가 오고 있다.

지난 한 세기 동안 갈고닦으며 기른

인도주의 정신이

바야흐로 인류 역사에

새 문명을 여는 새벽빛이 비치기 시작하도다.

— 위력(威力) : 상대를 눌러 대는 아주 센 힘.
— 도의(道義) : 사람이 마땅히 지켜야 할 도덕과 의리.

¹⁴ 세계가 새로 바뀐다.

세계에 새 봄이 오니
만물이 빨리 되살아나기를 재촉하도다.

큰 추위로 얼어붙어 숨 쉬기도 힘들었는데
부드러운 바람과 따뜻한 햇볕에 핏줄이 펴지도다.

천지(天地)의 운이 돌아오는 요즘
세계가 새로 바뀌는 물결을 탄 우리는
주저할 것도 없으며 거리낄 것도 없도다.

¹⁵ 온전한 자유를 되찾아야 한다.

우리가 본래부터 지녀 온 자유권을 지키고

온전히 되찾아 자유로운 삶을 힘차게 누릴 것이며,

우리가 넉넉히 지녀 온 독창력을 발휘하여

봄기운 가득한 온 누리에

민족의 뛰어난 우수성을 찬란하게 꽃피우리라.

16 함께 기뻐하며 부활한다.

우리는 이런 까닭으로 떨쳐 일어났으니

양심이 우리와 함께 있고

진리가 우리와 함께 나아간다.

남녀노소 모두가 어둡고 답답했던

옛집에서 힘차게 뛰쳐나와

온 세상 무리와 함께 기뻐하며 부활하도다.

17 밝은 빛을 따라 힘차게 나간다.

모든 조상님 영혼들이
우리를 안에서 돕고
온 세계 기운이
우리를 밖에서 보호하나니
시작이 곧 성공이라.
다만 저 앞 밝은 빛을 따라
힘차게 나아갈 따름이로다.

공약 삼장 – 하나

오늘 우리가 일으킨 일은

정의

인도

생존

존엄

영광을 위한 민족의 요구니

오직 자유다운 정신을 발휘할 것이요,

결코 남을 배척하는 감정으로 치닫지 말라.

최후의 한 사람까지

최후의 한 순간까지

민족의 정당한 생각을 시원하게 발표하라.

모든 행동은 질서를 가장 존중하여

우리의 주장과 태도를

어디까지나 광명정대(光明正大)하게 하라.

— 광명정대(光明正大) : 말과 행동을 밝은 빛처럼 바르고 떳떳하고 힘차고 크세.

05

조선독립선언서

1919년 3월 17일 조선국민회(朝鮮國民會) 이름으로
러시아 우수리스크에서 발표한 독립선언서다.

하도다. 嚴肅한 良心의 命令으로써 自家의 新運命을 開拓함이오 決코 舊怨과 一時的 感情으로써 他를 嫉逐排斥함이 아니로다. 舊思想, 舊勢力에 羈縻된 日本 政治家의 功名的 犧牲이 된 不自然 又 不合理한 錯誤狀態를 改善匡正하야 自然 又 合理한 正經大原으로 歸還케 함이로다.

當初에 民族的 要求로서 出치 안이한 兩國倂合의 結果가 畢竟 姑息的 威壓과 差別的 不平과 統計數字上 虛飾의 下에서 利害相反한 兩民族間에 永遠히 和同할 수 업는 怨溝를 去益深造하는 今來實績을 觀하라. 勇明果敢으로써 舊誤를 廓正하고 眞正한 理解와 同情에 基本한 友好的 新局面을 打開함이 彼此間 遠禍召福하는 捷徑임을 明知할 것 안인가.

또 二千萬 含憤蓄怨의 民을 威力으로써 拘束함은 다만 東洋의 永久한 平和를 保障하는 所以가 안일 뿐 안이라 此로 因하야 東洋安危의 主軸인 四億萬 中國人의 日本에 對한 危懼와 猜疑를 갈스록 濃厚케 하야 그 結果로 東洋全局이 共倒同亡의 悲運을 招致할 것이 明하니 今日 吾人의 朝鮮獨立은 朝鮮人으로 하야금 正當한 生榮을 遂케 하는 同時에 日本으로 하야금 邪路로서 出하야 東洋支持者인 重責을 全케 하는 것이며 中國으로 하야금 夢寐에도 免하지 못하는 不安恐怖로서 脫出케 하는 것이며 또 東洋平和로 重要한 一部를 삼는 世界平和 人類幸福에 必要한 階段이 되게 하는 것이라. 이 엇지 區區한 感情上 問題—리오.

아아, 新天地가 眼前에 展開되도다. 威力의 時代가 去하고 道義의 時代가 來하도다. 過去 全世紀에 鍊磨長養된 人道的 精神이 바야흐로 新文明의 曙光을 人類의 歷史에 投射하기 始하도다. 新春이 世界에 來하야 萬物의 回蘇를 催促하는도다. 凍氷寒雪에 呼吸을 閉蟄한 것이 彼一時의 勢—라 하면, 和風暖陽에 氣脈을 振舒함은 此一時의 勢—니, 天地의 復運에 際하고 世界의 變潮를 乘한 吾人은 아모 躊躇할 것 업스며, 아모 忌憚할 것 업도다. 我의 固

一

朝鮮독립宣言書

吾等은 玆에 我朝鮮의 獨立國임과 朝鮮人의 自主民임을 宣言하노라 此로써 世界萬邦에 告하야 人類平等의 大義를 復明하며 此로써 子孫萬代에 誥하야 民族自存의 正權을 永有케 하노라

半萬年歷史의 權威를 仗하야 此를 宣言함이며 二千萬民衆의 誠忠을 合하야 此를 佈明함이며 民族의 恒久如一한 自由發展을 爲하야 此를 主張함이며 人類的良心의 發露에 基因한 世界改造의 大機運에 順應幷進하기 爲하야 此를 提起함이니 是ㅣ 天의 明命이며 時代의 大勢ㅣ며 全人類共存同生權의 正當한 發動이라 天下何物이던지 此를 沮止抑制치 못할지니라

舊時代의 遺物인 侵略主義强權主義의 犧牲을 作하야 有史以來 累千年에 처음으로 異民族箝制의 痛苦를 嘗한지 今에 十年을 過한지라 我生存權의 剝喪됨이 무릇 幾何ㅣ며 心靈上發展의 障碍됨이 무릇 幾何ㅣ며 民族的尊榮의 毁損됨이 무릇 幾何ㅣ며 新銳와 獨創으로써 世界文化의 大潮流에 寄與補裨할 機緣을 遺失함이 무릇 幾何ㅣ뇨

噫라 舊來의 抑鬱을 宣暢하려하면 時下의 苦痛을 擺脫하려하면 將來의 脅威를 芟除하려하면 民族的良心과 國家的廉義의 壓縮銷殘을 興奮伸張하려하면 各個人格의 正當한 發達을 遂하려하면 可憐한 子弟에게 苦恥的財產을 遺與치 안이하려면 子子孫孫의 永久完全한 慶福을 導迎하려하면 最大急務가 民族的獨立을 確實케 함이니 二千萬各個人이 人마다 方寸의 刃을 懷하고 人類通性과 時代良心이 正義의 軍과 人道의 干戈로써 護援하는 今日 吾人은 進하야 取함에 何強을 挫치못하랴 退하야 作함에 何志를 展치못하랴

丙子修好條規以來 時時種種의 金石盟約을 食하얏다 하야 日本의 無信을 罪하려 안이하노라 學者는 講壇에서 政治家는 實際에서 我祖宗世業을 植民地로 視하고 我文化民族을 土昧

1 평화는 구출되어야 한다.

평화는 영구히 구출(救出)되지 아니하면 아니 된다.

자유, 평등, 동포주의, 민족자결주의는

변하지 않는 정의며

세계 생활을 개조한 기초 위에 안치해야 할 것이다.

그러나

정의와 영구적 평화를 보증하겠다고

연합국들이 모든 사람들에게

당당하게 약속한 공약은 아직 이뤄지지 않고 있다.

─ 구출(救出) : 위험한 상태에서 안전하게 구해 내는 것. 세계 제1차 대전이 끝나
고도 연합국이 공약한 민족 해방과 평화를 촉구하는 의미.

2 일본이 승리한 연합국이므로
세계 평화를 비관한다.

천하 만민이 그 선량한 장래를 위하여

현 전쟁에서 바친 위대한 희생은 지금 무효가 되어 가고

세계 평화는 과연 기대할 수 있을 것인가를

비관하게 되어 가고 있다.

이는 인도(人道)의 죄악이며 공적(公敵)이

연합군으로 승리해서 부추기고 있기 때문이다.

인도(人道)의 공적(公敵)인 세력으로는

일본 군국주의(軍國主義)가 제일이다.

― 공적(公敵) : 인류 평화를 해치는 적, 여기서는 세계 제1차 대전이 연합국 승리로 끝나고 인류 평화를 공약했는데, 그 연합국 안에 일본이 들어가 있어 인류 평화로 가는 길을 방해하는 일을 일본이 부추기고 있다는 의미다. 곧 일본 때문에 세계 제1차 대전에서 치른 희생이 무효가 되고 있다는 비판이다.

3 일본이 태평양 섬까지 침략할 것이다.

일본 군국주의는

지금 중국으로 향하고 있을 뿐만 아니라

대양제도(大洋諸島) 역시 장차

그 손톱으로 할퀴고 어금니로 깨물 것이다.

— 대양제도(大洋諸島) : 태평양에 있는 여러 섬, 이 예상대로 일본은 중국을 넘어
동남아시아와 필리핀과 인도네시아와 미국까지 침략한다.

4 인류 평화를 위해
조선 문제가 해결되어야 한다.

일본이 한국을 병합했을 때

세계는 이 문제를 아주 차갑게 바라보기만 했다.

그러나 지금 일본은 우리 조선을 점령하고 있는 동안은

제거할 수 없는 위험한 국가로 되었다.

이제야 조선 문제가

국제 평화에 있어 얼마나 중요한 가치를 가졌는가를

심각하게 연구해야 할 때가 되었다.

5 조선 독립을 해결하지 못하면
가공할 전쟁이 일어난다.

연합국들은

세계 평화유지를 위해서는

극동 평화가 꼭 필요한 조건임을 알아야 한다.

만약 지금 조선 독립 문제를

해결하지 않고 그대로 둔다면

앞으로 이번 세계 대전보다 한층 더 가공할 새 전쟁을

일본 군국주의가 일으킬 우려가 있기 때문이다.

— '이번 세계 대전'은 세계 1차 대전을 말한다. '새 전쟁'은 세계 2차 대전을 예측
한 말이다. 실제로 세계 제2차 대전은 엄청나게 큰 피해를 가져왔다. 원자폭탄 때
문에 일본은 물론 인류 전체가 심각한 공포를 느끼게 했다.
— 가공(可恐) : 말로 표현할 수 없을 정도로 두려운 공포.

6 조선 독립은 극동 문제를 해결하는 열쇠다.

조선은 그 위치 때문에 극동 문제에서

지리와 전략 관계로 볼 때

동아시아 문제를 해결할 수 있는 열쇠다.

따라서 극동 문제를 해결하려면

먼저 조선 문제를 바로잡아야만 가능하다.

7 일본이 전 세계를 속이고 있다.

일본은 항상 전 세계에

조선인을 위한 경제 이익에 대하여

힘을 쏟고 있다는 것을

믿게 하려고 노력하고 있다.

그러나 실제로는

조선이 가지고 있는 생명의 원천을

탐욕으로 빨아들이고

한편으로는 세계에서 가장 참혹하게

국민을 압제하고 있다.

이런 더럽고 못난 자기 행위를 숨기려는

속임수에 불과한 것이다.

8 조선 국민은 모든 권리를 빼앗겼다.

조선 국민은 자신의 고유한 국토에서도

공민(公民)으로서 아무런 자유도 누리지 못하고

점점 무거워지는 세금을 내는 권리 외에는

국정에 참여하는 모든 권리를 빼앗겼다.

— 공민(公民) : 민주공화국 국민, 또는 시민.

9 조선인은 단순한 자유도 없다.

일본 헌병경찰의 압제 아래에서

불행한 국토는 모두 파산하고

조선인은 가난한 굶주림에 이르고 있다.

조선인은 집회 언론 인쇄에 관하여서는

가장 단순한 자유도 갖지 못하였으므로

자기가 겪고 있는 전율할 만한 상황을

세상에 널리 발표하거나

잘못된 일이나 굴욕당한 일을

세상에 호소하는 것까지도 불가능한 것이다.

교육과 정신 계발에 차별을 당한다.

지식이 있거나 뜻이 있는 사람은

모두 일본관헌에 의하여 잔인한 추구(追究)를 받아

적어도 민지계발을 위하여 진력하는 자 있으면

정치적 불량배라 하여 비도(非道)한 검거를 당한다.

그리고 이는 조선인으로서는

교육과 정신 계발이 특히 필요한 시기에 있어서

차별을 당하고 있는 것이다.

— 추구(追究) : 근본 뿌리까지 연구해서 파헤치다.
— 비도(非道) : 도덕이나 법에 맞지 않는 방법으로.

11 조선인을 일본인으로 만들려고 한다.

지금 조선의 국민교육을 보아도

역시 극히 비참한 상태이다.

일본은 조선통치 10년에 있어서

국민의 요구가 날로 점점 증대함에도 불구하고

고등학교는 하나도 세우지 아니하였다.

초등 및 중등교육도 어떻게 하는가 하면

국어라 하여 일본어를 가르치고

조선의 역사와 문학을 가르치는

교과 과목은 없애고

교육의 뿌리부터 드러내 놓고

일본인으로 만들려는 교육을

조선인에 대하여 실시하고 있다.

12 일본이 세계 인류에 대한 위협이 될 것이다.

대체로 조선에 대한 일본의 정책은

대륙 침략을 위한 군국주의 발전을 위해

필요한 근거지로써

조선을 영구히 자기에게 결합시키고자 하는

최후 목적을 달성하기 위해

가장 교묘한 방법으로 그 방침을 정한 것이다.

끝내 일본은 조선을 근거로 하여

뜻대로 그 힘을 대륙에 떨치게 될 것이며

결국 만주의 평화와 세계 인류에 대한

끊임없는 위협이 될 것이라고 하겠다.

13 일본 군국주의는 용인할 수 없다.

이 같은

일본 군국주의 발전은

세계 평화와 세계 민주주의라는

큰 이상의 확립과

정의 및 민족의

자유로운 문명 발전이라는 이름으로

결코 인정하거나 용인할 수 없는 바이며

세계 민주주의도

이 문제에 대하여는

꼭 바르고 당당하게 엄숙한 한마디 말이라도

밝혀야 할 것이다.

14 조선을 근본에서부터 착취하고 있다.

일본은 그 군사적 세력의 목적을 이루고

또 조선을 자기 손아귀에 꽉 쥐기 위하여

조선을 대하는 정책에서

조선 국민의 행복과 생활을 이루는

그 원천을 근본에서부터 착취하고 있다.

독립과 자유와 행복을 위해 싸울 것이다.

일본 군국주의

쇠처럼 굳은 성 아래서

지치고 고단한 조선 국민은

세계 정의를 향하여 가는 길에

어떤 곤란에도 낙담하는 일 없이

용감히 그 무거운 십자가를 지고

우리 독립과 자유와 행복을 위해서

온 힘을 다해 있는 힘을 다해 싸울 것을

사랑하고 좋아하는 표정으로

항상 위로하고 어루만지는 사람임을

분명하고 확실하게 말하는 바이다.

¹⁶ 우리 것을 내놓아라.

우리는 전체 문명한 세계에 향하여

조선은 일본에 복속된 것이 아니라

가장 나쁜 배신이라는 수단에 의하여

강제로 빼앗기고 있음을 밝히는 것이다.

우리는 2천만 조선 국민의 이름으로

그 완전한 주권이 어떤 제한도 없이

다시 일어날 것을 요구하며

이에 우리나라 독립과 주권과 재산과 보물을

모두 되돌려 줄 것을 요구하는 바이다.

17 우리는 어떤 희생도 사양하지 않겠다.

우리는

우리의 독립과 자유

생존하기 위한 신성한 권리를

되찾아 갖기 위해 필요한

많고 큰, 어떤 희생을 치르게 된다 하여도

이를 사양하지 아니한다.

세계의 민주주의자는 우리 편이다.

우리는

자유를 위하여,

정의를 위하여,

모두의 평화를 위하여,

또 인류 최선의 이상을 위하여,

압제자와 포학자에 맞서 용감히 분투하고자 한다.

세계의 모든 민주주의자는 다 우리 편이다.

— 압제자(壓制者) : 권력이나 폭력으로 강제로 억누르는 나쁜 사람.
— 포학자(暴虐者) : 아주 잔인하고 난폭하게 날뛰는 나쁜 사람.
— 분투(奮鬪) : 자신이 갖고 있는 모든 힘을 다하여 노력하거나 싸움.

일본 땅에서 발표한 독립선언서

宣言書

全朝鮮青年獨立團은我二千萬朝鮮民族을代表하야
正義와自由의勝利를得한世界萬國의前에獨立을期
成하기를宣言하노라

四千三百年의長久한歷史를有한吾族은實로世界最
古文明民族의一이라비록有時乎支那의正朔을奉하
야朝鮮皇室이支那皇室과形式的의支
이有하얏스나此는朝鮮皇室과支那皇室과의名義的
的關係가不過하얏고朝鮮은恒常吾族의朝鮮이오一次도
統一한國家를失하고異族의實質的의支配를受한事無하도다
日本은朝鮮과日本과唇齒의關係가有함을自覺함에도不拘하고
此一千八百九十五年日淸戰爭의結果로日本이戰勝한國은獨

2·8 독립선언서

일본 도쿄에서 유학하던 학생들이
조선청년독립단 이름으로 1919년 2월 8일 발표한 선언서다.

1 세계 만국 앞에 독립을 선언한다.

조선청년독립단은

우리 2천만 민족을 대표하여

정의와 자유의 승리를 얻은 세계 만국 앞에

독립을 이루겠다고 선언하노라.

조선은 항상 우리 민족의 조선이다.

4천 3백 년이라는

길고 긴 역사를 가진 우리 민족은

실로 세계에서도 오래된 민족 가운데 하나다.

중국한테 책봉을 받는 일도 있었으나

이는 조선 황실과 중국 황실의

형식적 외교 관계에 지나지 않으며,

조선은 항상 우리 민족의 조선으로

한 번도 통일 국가를 잃고

다른 민족한테 실제로 지배를 받은 일이 없다.

³ 한국 독립은 세계 각국도 인정한 것이다.

일본은 조선이 일본과

이와 입술 같은 관계가 있음을 안다고 하면서

1894년 청일전쟁 결과로

한국의 독립을 먼저 인정하였고

미국·영국·프랑스·독일 같은 여러 나라도

한국 독립을 승인하면서

이를 보전하기를 약속하였도다.

독립운동이 끊어진 적이 없었다.

1904년 조약 발표 후에

모든 국민은 맨손으로 가능한 온갖 반항을 다하였으며,

1907년 조약으로

사법과 경찰권을 빼앗기고

군대 해산을 당할 때에도 그러하였고

합병을 당해서는

손에 한 토막 쇳조각조차 없음에도 불구하고

가능한 온갖 반항 운동을 다하다가

정밀하고 날카로운 일본군 무기에

희생된 이가 부지기수이며,

1910년 이후 10년간

독립을 회복하려는 운동으로 희생된 이가 수십만이며

참혹한 헌병 정치 밑에서 손발과 입이 묶이고 막혀서도

독립운동이 끊어진 적이 없었다.

조선 민족의 인권을 침해하였다.

일본은

우리 민족의 행복과 이익을 무시하고

우리 민족에게는

참정권, 집회·결사의 자유,

언론 출판의 자유를 허용하지 않으며

심지어 종교의 자유와 기업의 자유까지도

적지 않게 구속하며

행정·사법·경찰을 비롯한 모든 기관이

조선 민족의 인권을 침해하였다.

민족 차별을 하였다.

공사(公私)에 우리 민족과 일본인 사이에

우열의 차별을 만들고

조선인에게는 일본인에 비하여

열등한 교육만을 실시하여

우리 민족으로 하여금

영원히 일본인한테 부림을 받는 자가 되게 하며,

역사를 개조하여

우리 민족의 신성한

역사적, 민족적 전통과 위엄을 파괴하고 모욕하였다.

─ 공사(公私)에 차별 : 정부, 회사, 단체, 사회 개인 생활에서도 한국인과 일본인
은 급여, 복지, 교육, 재판, 시설 사용을 비롯해 아주 작은 일까지 온갖 차별을 두
었다.

7 조선인의 직업을 잃게 되었다.

원래 인구가 넘치는 조선에

무제한으로 일본인 이민을 장려하고 보조하여

우리 민족은 해외로 유리될 수밖에 없으며,

국가의 모든 기관은 물론이요

사설(私設)의 모든 기관에까지 일본인을 채용하여

한편으로는 조신인이 직업을 잃게 되었다.

— 유리 : 유리표박(流離漂泊)을 뜻한다. 집과 직업이 없이 이곳저곳으로 떠돌아
다니는 거지나 부랑아나 떠돌이를 뜻하는 말이다.
— 사설(私設) : 개인이 만들어 운영하는 회사나 단체나 시설.

생존권을 위해 독립을 주장한다.

조선인이 일군 부(富)가 일본으로 유출되며,

일본인에게는 특수한 편익을 제공하여

조선인으로 하여금

산업을 일으킬 기회를 잃게 만들었다.

이처럼 어떤 방면으로 보아도

우리 민족과 일본인의 이해가 서로 배치되는데

배치하는 경우 그 손해는 우리 민족이 받게 되니,

우리 민족은 생존 권리를 위하여 독립을 주장한다.

─ 부(富)가 일본으로 유출 : 예를 들면 조선에서 생산한 쌀을 일본으로 가져가서 조선에서는 굶어 죽는 사람들이 갑자기 많아졌다.

혈전을 선언한다.

우리 민족은 정당한 방법으로

우리 민족의 자유를 추구할 것이나,

만일 이로써 성공하지 못하면

우리 민족은 생존의 권리를 위하여

온갖 자유행동을 취하여

최후의 한 사람까지

자유를 위하여 뜨거운 피를 흩뿌릴 것이니

우리 민족의 정당한 요구에 응하지 않는다면

우리 민족은 일본에 대해

영원한 혈전(血戰)을 선언하리라.

— 혈전(血戰) : 피를 흘리는 전투.

¹⁰ 민족자결을 요구한다.

건국 이래

문화와 정의와 평화를 사랑해 온 우리 민족은

새 국가를 건설한 다음에

반드시 세계 평화와 인류 문화에 공헌할 것이다.

이에 우리 민족은 일본과 세계 각국이

우리 민족에게 민족자결의 기회를 줄 것을 요구하며,

만일 그러하지 않는다면

우리 민족은 생존을 위해 자유롭게 행동하여

우리 민족의 독립을 꼭 이룰 것을 선언하노라.

― 민족자결(民族自決) : 한 민족이 다른 민족이나 국가의 억압이나 간섭을 받지
않고 민족 스스로 자유롭게 결정하며 살아갈 권리. 미국 윌슨 대통령이 1차 대전
에서 연합국이 승리하면 민족자결주의에 따라 식민지를 해방시켜야 한다고 발표
하였다.

일본 오사카 한국노동자 독립선언서

1919년 3월 19일 일본 오사카 지방에서 일하던
한국인 노동자들을 대표하여 염상섭이 발표한 독립선언서다.

1 　민족자결주의는 수천만 죽음으로 얻은 말이다.

평화의 제단에

숭고한 희생으로 바쳐진

3천만 망령(亡靈)에 의하여

가장 의심할 나위 없이

또 가장 뼈에 사무치게

우리에게 교훈을 준 것은

참으로 민족자결주의

오직 이 한마디다.

— 3천만 망령(亡靈) : 세계 1차 대전으로 죽은 3천만 영혼을 뜻한다. 1차 대전에
참전한 35개국 병사만 약 900만, 민간인까지 약 3,000만으로 추정한 말이다.

² 자유를 위해 목숨을 걸었다.

지금 우리는

입으로만 하는

달콤한 말에 속아 넘어가기에는

너무나 우리 자신을 잘 알고 있다.

폭력을 휘두르는 손이 두려워

이에 복종하기에는

자유가 얼마나 존엄한가를 분명하게 깨달았다.

주저할 바 있으랴.

곧 이 한 목숨을 걸고서

독립을 선언하는 까닭이다.

대한독립여자선언서와
독립선언포고문

디한독립녀ᄌ선언셔

슬푸고어[여]울ᄒ다우리디한동포시여우리나라이반만년문명력ᄉ와이쳔만신성민죡으로조국의흥망

히ᄌ존홀만ᄒ거늘침략젹야심으로셰계의공법공리를무시ᄒ는져일본이추ᄒᄌ젹으로조구의흥망

리히롤불고ᄒ눈여젹을동화얍박슈단으로형식에불과한방울삼리ᄒ고졔반음독ᄒ젹슈

ᄒ야우리이쳔만형뎨ᄌ민가노비와희성이되여쳔고에씻지못홀슈욕을밧고모진목숨이쥭지못ᄒ야ᄉ니

로멸망홀ᄒ함명에가쳐셔ᄒ로가일년ᄀ호세웟비십여년을지나스니그동안무한호고통은다

ᄒ홀것업시우리동포의마음속에품은비슈로베쟝가훌릴바로다피눈물함원에오월비상이라ᄒ엇거늘ᄒ

눌며슈쳔만창셩의억울불평ᄒ의소를지ᄀ무ᄉᄒ신상에셔되젹동죡셤이업스레요고금에업스누

슈다쳔란의결국에민본젹ᄌ의로만국의평화를쥬챵ᄒ눈금일에ᄃᄉ양ᄌᄆ야감ᄉᄒ신남ᄌᄉ회에셔

젹젹에독립을션언ᄒ고고독립만셰ᄒ로ᄒ여동셜한의반도강ᄉᄒ양쳔화풍을만나만물ᄒ

싱휼시거가이ᄅ럿스니아모죠록ᄒ룡력우며일쳥의ᄀ령력으로ᄒ고연성츙에일도의ᄀ멸셩을더ᄒ야위

시유즁ᄒ시믈혈셩으로괴ᄃᄒ는바오며우리도비록ᄀ즁에셩활ᄒ야지식이몽믹ᄒ고신례가연약ᄒ

녀ᄌ의무리나구만됨은일밧이ᄋ랑심은ᄒᄀ지라욥력이졀듬ᄒ고지식이고명ᄒ명웅달ᄉᄃ뭇

대한독립여자선언서

미국·러시아·만주·중국에 있던 여성들이 만든
대한부인회에서 1919년 4월 8일 발표하였다.
국내외 각지에 배포하여
한국여성들의 독립만세운동 전개를 고취하였다.

1 슬프고 억울하다.

슬프고 억울하다

우리 대한동포시여

우리나라

이 반만년 문명역사와

이천만 신성민족으로

삼천리강토를

족히 자존할 만하거늘

우리 가슴에 비수를 품었다.

우리 2천만 형제자매가

노예와 희생이 되어

천고에 씻지 못할

수욕을 받고

모진 목숨이 죽지 못하여

스스로 멸망할 함정에 갇혀서

하루가 1년 같은 지루한 세월이

10여 년을 지냈으니

그동안 무한한 고통은

다 말할 것 없이

우리 동포의 마음속에

품은 비수로써 증거할 바로다.

만물이 되살아날 때가 되었다.

고금에 없는

구주 대전란이 끝나며

민본주의로

만국이 평화를 주창하는

오늘을 맞이하여

감사하신 남자 사회에서

곳곳에 독립을 선언하고

독립만세 한 소리에

엄동설한의 반도강산이

양춘화풍을 만나

만물이 되살아날

때가 이르렀으니

— 구주 대전란: 세계 제1차 대전.

논개와 화월이 나라를 살렸다.

우리나라 임진왜란 때에

진주에 논개 씨와

평양에 화월 씨는

또한 화류계 출신으로

용력이 무쌍한

적장 청정과 소섭을 죽여

국가를 다시 붙든 공이

두 분 선생의 힘이라 하여도

과언이 아니니

한마음으로 일어나자.

우리도 이러한 급한 때를 당하야

겁내던 지난 버릇을 파괴하고

용감한 정신을 분발하여

이러한 여러 선생을 본받아

의리의 전신갑주를 입고

신력의 방패와

열성의 비수를 잡고

앞으로 나가는 신을 신고

한마음으로 일어나면

지극히 자비하신

하나님이 내려다보시고

우리나라 충성스럽고 의로운 넋들이

환하게 밝혀 도우시고

세계 만국의 공론이 없지 아니할 것이니

독립 깃발 아래 새 국민이 되자.

우리는

아무 주저할 것 없으며

두려워할 것도 없도다.

살아서 독립 깃발 아래

활발한 새 국민이 되어 보고

죽어서 구천지하에

이러한 여러 선생을 따라

부끄러움이 없이

즐겁게 모시는 것이

우리의 제일 의무가 아닌가.

― 구천지하(九天地下) : 죽어서 넋이 가는 깊은 땅속 세상.

7 힘차게 일어나야 한다.

간과 창자에서 솟는 눈물과

속에서 우러난 정성스런 마음으로

우리 사랑하는 대한 동포에게

엎드려 말씀드리오니

동포 동포여

때는 두 번 이르지 아니하고

일은 지나면 못하나니

속히 떨치고 힘차게 일어나야 하도다.

동포 동포시여, 대한독립만세!

독립선언포고문

1919년 3월 13일 북간도 용정(龍井)에서
간도에 사는 조선 민족 이름으로 선포한 독립선언서다.

1 독립을 선언하노라.

우리 조선 민족은

민족의 독립을 선언하노라.

민족의 자유를 선언하노라.

민족의 정의를 선언하노라.

민족의 인도를 선언하노라.

2 우리는 신성한 민족이다.

우리는 4천년 역사를 가진 나라요,

우리는 2천만 신성한 민족이었노라.

그런데 우리 역사를 소멸시키고

우리 민족을 깨트리고 굴레를 씌워서 신음하게 하며

제 마음대로 하여 고통스럽게 함이

어언 10년이 지났다.

자유의 배가 두둥실 떠온다.

독립지사들이 눈물을 동해에 보탰고,
사람들 원한은 새파란 하늘까지 사무쳤다.
하늘이 듣는 말은 사람들이 듣는 말에서 비롯하고,
하늘이 보는 일은 사람들이 보는 데서 비롯한다.

세상 흐름이 하루가 다르게 바뀌고
사람의 도리가 새로워지는 때에

정의의 새벽종이 큰 거리에서 떨쳐 울리고
자유의 배는 앞마루에 두둥실 떠오도다.
강국의 비행기와 잠수함은 양쪽 바다에 침몰하고
약자가 높이 날린 의로운 깃발은 봄바람에 나부끼도다.

4 우리는 하늘 민족이다.

우리는

하늘 민족 가운데 하나니

이제 하늘의 명에 따르고,

사람들 마음을 하나로 모아

이천만 민중이 한입으로

일제히 자유의 노래를 부르며

두 손을 굳게 잡고

평등의 큰길로 전진한다.

인류 동등을 위한 독립이다.

서울에서 독립 깃발을 먼저 들었고

사방이 파도같이 움직여

금수강산에서는 풀과 나무와 새와 짐승들까지

모두 그 소리를 따라 벼락처럼 외치니

간도에 사는 80만 우리도

민족의 핏줄을 멀리서 이어받아

큰 기운이 서로 통하며 하늘의 부르심에 감동하여

기쁜 마음으로 인류 동등(同等)을 위해 하는 바이다.

― 동등(同等) : 등급이 같다. 같은 등급이다. 평등(平等), 균등(均等).

대한민족대표선언서

1919년 10월 30일 중국 상해에서 대한민족 대표 30명 서명으로 선포한
독립선언서다. 대한민국 임시정부가 중심이 되어 발표한 독립선언서로
3월 1일 독립선언서에 이은 제2의 독립선언이라고도 부른다.

참된 우리 뜻을 세계에 밝혔다.

3월 1일에 우리 대한의 독립을 선언하였는데
우리 2천만 민족은 온 마음을 다해 한목소리로
참된 우리 생각을 세계에 널리 분명하게 밝히되
엄정한 질서와 평화로운 수단으로 하였도다.

우리 형제자매를 학살한다.

그동안 8개월을 살펴보니,

일본은 귀중한 우리 민족의 생각을 무시하고

신성한 우리 민족의 운동을 폭동이라 속이며

군대와 경찰을 함부로 움직여서

우리 민족을 이끌어 가는 애국지사와,

자유를 부르짖는 우리 형제와 자매를

능욕하고 구타하고 학살하여

기어코 2만여 명이 다치거나 죽고

6만여 명을 감옥에 가두기에 이르렀도다.

3 우리의 분노가 가슴을 찢는다.

평화로운 우리 마을이

불타서 부서지고 학살된 자가 얼마이며

사랑하는 우리 아내와 딸이 능욕된 자가 얼마이뇨.

실제로 우리는 학살되고 능욕된 자의

형이고 아우이며,

어버이고 아들이며,

지아비며 아내로다.

우리의 원한이 이미 골수에 사무쳤고

우리의 증오와 슬픔과 분노가 이미 가슴을 찢는다.

대한 국민은 자유민이다.

우리는 3월 1일 처음 세운 뜻을 중하게 여겨

인도와 정의를 위하여 한 번 더 참고 견디며

한 번 더 평화로운 만세 소리로

우리 대한민국이 독립국이요

우리 대한 국민이 자유민임을

일본과 세계 만국 앞에 선언하노라.

우리는 대한민국 국민이 되었다.

대한민국 원년 3월 1일에
이미 우리 민족이 자유민임을 선언하고
이에 따라 금년 4월 10일
임시의정원과 임시국무원을 만들었노라.

이에 우리 민족온
우리 민족이
함께 마음을 모아
협의한 생각과 희망으로 태어난
대한민국 국민이 되었도다.

우리 민족 통치는 대한민국 임시정부가 한다.

일본이 아직 무력으로는

우리 삼천리 국토를 점령하였거니와

이는 벨기에 국토가 일찍이

독일의 무력에 점령되었음과 같다.

우리 민족은 대한민국 국민이요,

우리 민족의 통치는 대한민국 임시정부가 하니,

우리 민족은 영원히 다시는 일본의 지배를

받지 아니할 것이다.

7 대한민국의 완전한 독립을 확인한다.

일본이 무력으로

우리 민족을 포로로 잡고 있음은 가능하겠지만

한순간이라도 우리 민족을

일본의 신민(臣民)으로 삼지 못할 것이다.

따라서 우리 민족은 지금까지 강제로 당해 오던

일본 국가에 대한 모든 의무를 버리고

일본 정부에 대하여 조선총독부와

그에 속해 있는 모든 관청과 군대를 다 걷어 가고

우리 대한민국의

완전한 독립을 확인하기를 요구하노라.

— 신민(臣民) : 일본 왕의 백성이 됨을 뜻한다.

8 우리 민족은 완전한 절대 독립을 원한다.

일본이 근래에

조금은 자기 잘못을 뉘우쳐서

조선 통치를 개혁하겠다고 떠드나

이는 우리 민족이 상관할 바가 아니다.

우리 민족의 요구는

하나고 오직 하나이니

곧 완전한 절대 독립이 있을 뿐이다.

우리 민족은 끝까지 싸울 것이다.

만일 일본이 여전히

한일 두 민족의 영구한 이익과

세계 인류의 자유와 평화를 무시하고

우리 대한민국 영토를 계속 점유한다면

우리 민족에게는 오직 끝까지 혈전이 있을 뿐이니

3월 1일 선언한 공약 세3조에 따라

최후의 1인까지 전쟁을 마다하지 않을 것이며

아울러 이는 자유와 생명을 지키는 전쟁이기에

최후의 목적을 위해서는

수단과 방법을 가리지 않겠다는 방침을

이번에 큰 소리로 널리 밝히노라.

10 공약 3장

1. 질서를 엄수하여 난폭한 행동이 없을 것.

1. 부득이 자신을 지키기 위한 행동이라도 부인, 어린이, 노인, 병자는 절대로 해치지말 것.

1. 온 국민이 일치단결해 독립을 강하게 요구하고 드러내며, 최후의 1인까지 할 것.

대한민국 원년 10월 31일

참고 자료

김찬국 「한글독립선언문」(민주화운동기념사업회)

http://archives.kdemo.or.kr

「선언서」(독립기념관 한국독립운동사 정보시스템)

http://search.i815.or.kr/Search/HistoryCon.jsp?menu=IDP-SO-001&nKey=5-000210-000

우리역사넷(국사편찬위원회) http://contents.history.go.kr

「대동단결선언에 관한 건」(『韓國獨立運動史』36, 1917.11.21.)

「대한독립여자선언서」(독립기념관 한국독립운동사 정보시스템)

http://search.i815.or.kr/ImageViewer/ImageViewer.jsp?tid=co&id=1-A00028-037

『원문 사료로 읽는 한국 근대사』, 이주명 편역, 필맥, 2014.

『한국독립운동의 역사 18 : 3.1운동의 배경과 독립선언』 이윤상, 독립기념관
    한국독립운동사연구소, 2009.

『대한민국 100년 생일잔치 독립선언 모음』, 이명종 편역, 우리헌법읽기국민운동, 2018.

『대한민국 독립선언서 함께읽기』, 이명종 편역, 현북스, 2019.

* 책에 사용한 독립선언서 이미지들은 〈독립기념관〉에서 제공받아 사용했습니다.

이 도서의 국립중앙도서관 출판예정도서목록(CIP)은 서지정보유통지원시스템 홈페이지(http://seoji.nl.go.kr)와 국가자료공동목록시스템(http://www.nl.go.kr/kolisnet)에서 이용하실 수 있습니다.(CIP제어번호: CIP2019003697)

독립선언서 말꽃모음

2019년 2월 20일 초판 1쇄 펴냄

엮은이 | 이주영
펴낸곳 | 도서출판 단비
펴낸이 | 김준연
편집 | 최유정
등록 | 2003년 3월 24일(제2012-000149호)
주소 | 경기도 고양시 일산서구 일중로 30, 505동 404호(일산동, 산들마을)
전화 | 02-322-0268
팩스 | 02-322-0271
전자우편 | rainwelcome@hanmail.net
ISBN 979-11-6350-010-0 03810

* 이 책의 내용 일부를 재사용하려면 저작권자와 도서출판 단비의 동의가 반드시 필요합니다.
* 책값은 뒤표지에 있습니다.